朱秀海 著

升虚邑诗存
又续编

团结出版社

图书在版编目（ＣＩＰ）数据

升虚邑诗存又续编 / 朱秀海著 . -- 北京：团结出
版社 , 2024.2
ISBN 978-7-5234-0347-1

Ⅰ . ①升… Ⅱ . ①朱… Ⅲ . ①诗词－作品集－中国－
当代 Ⅳ . ① I227

中国国家版本馆 CIP 数据核字 (2023) 第 145155 号

出　　版：团结出版社
　　　　　（北京市东城区东皇城根南街 84 号　邮编：100006）
电　　话：（010）65228880　65244790（出版社）
　　　　　（010）65238766　85113874　65133603（发行部）
　　　　　（010）65133603（邮购）
网　　址：http://www.tjpress.com
E-mail：zb65244790@vip.163.com
　　　　　tjcbsfxb@163.com（发行部邮购）
经　　销：全国新华书店
印　　装：三河市东方印刷有限公司

开　　本：145mm×210mm　32 开
印　　张：13.875
字　　数：124 千字
版　　次：2024 年 2 月　第 1 版
印　　次：2024 年 2 月　第 1 次印刷

书　　号：978-7-5234-0347-1
定　　价：58.00 元

序

　　流光代化，岁月不居。故夫子临汉水而叹，右军序《兰亭》而哀。刘伯伦痛哭，岂全因乎歧路之多；江文通恨别，宁不怨乎衰命之促。甲午年余证于甲子，越年谢甲，归于江海，遍走天涯，以觅残岁之居。立薄德浅，惶愧无地。陶渊明之南山，无敢思之；林和靖之西湖，何能望焉。于是越幽燕之山，过琼崖之海。曹孟德咏洪波之碣石，得而酾酒临之；苏东坡沐海风之昌化，幸焉屈膝近之。山深海远，草长花开。狐出兔没之岭，可见沧海日出；俚声侉语之村，屡闻大野莺鸣。豚奔鲸出之影，待雨后霞照之波；萝发兰飞之馨，从春时风流之林。岩岸可通荷蓧之居，啸音每连孙登之路。藤没阡陌，子路寻渡之津；荻埋河川，灵均问渔之水。环望无涯，唯绿是视，叹而言于身旁之侣曰："吾余年之所居处，此草香花放鱼跃鹤舞之地欤，不然，又安有如此之遇！"身旁之侣言曰："卜而问之可矣。于焉焚香于案，投箸于野，三卜三应，曰旅，并赐云泉二字。云者远也，泉者野也，思之大恐，长吁罢席而奔，走海滩，登危楼，眺中国，然后神偃意息，心平气和，归而言之：天赐予，天赐予。何哉？"旅者迁也，行也；云泉者山川湖海也，圹埌也，广居也。李太白有言："天地者万物之逆旅，光阴者百代之过客。"人居天地

1

之间，亦游于天地之间者也。草木一秋，人岂外之。余老矣，何处不可居，何处不可游，又何处不可物化。噫，云泉之居，非言不可居，亦非言大可居，是天下人之本居也，余何人哉，而敢自外于此居！

然后慨然买屋居之，书云泉二字于楹上，九年有余焉。前岁在京之寓复迁于别所，亦应当年旅字之所征。或言："天或与之，何敢弃之。"虽欲异之，弗能为焉。优哉游哉，不亦乐乎！

于是有诗。迄自丙申年三月，至癸卯年正月止。既寓云泉之野，理应渔樵于江海之渚，侣鱼虾而友麋鹿。清风明月，泛舟扣舷而歌之。或入李太白餐霞之饮，或赴张陶庵种梅之约。亦或如南郭子綦，隐机而坐，唯闻天籁。尘心有望，未废困眄；神州回首，或余思存。半生行迹，可念者有旧事，有友朋。当年文字，续有野作，时乱远怀。尤可惧者，日月纷沓，不舍昼夜；新年奇闻，每过倦耳；春花秋月，依然入梦。旅字长在，虽欲无游，岂可得乎。经山历海，焉能无辞。所谓学舌五柳，吐纳烟霞，神仙之区，愧未能至。由是复知一字在命，即寓云泉之野之远，亦难入槁木死灰之境。先贤有言曰："夫不具司马迁之志，而欲知屈原之志，则几乎罔矣。"余不具陶潜林逋之资，而欲知庄周之志，难乎哉，难乎哉！

《升虚邑诗存又续编》付梓在即，赘语如右，不知所言。

癸卯年正月十二日升虚邑主谨识

2

目　录

诗

1

词

曲

记

赋

律

五律一首　暮春有思

谷雨匆匆降，

春凋杏籽蕃。

漫将红落意，

乱入绿荣轩。

老去偏怜色，

思多未识言。

无缘陶靖节 ①，

掩面过桃源。

二○一六年四月十五日

①　陶靖节，即陶渊明（公元352年或365年—公元427年），字元亮，又名潜，私谥靖节，世称靖节先生。

五律二首　秋词

一

苍苍原上草，一岁一荣枯。

夕日光荒表，秋风动远芜。

思存南渡客，身寄北亭竽。

诗撼临川未①，梅开庾岭无②？

二

曲高和者寡，吾命宁虚营。

琴注三秋雨，声并仲夜莺。

风流霜叶紫，舞旋雾林清。

一岁堪经历，飘飘过远蘅。

二〇一六年九月十九日

---

① 王勃《滕王阁序》云："邺水朱华，光照临川之笔。"

② 庾岭梅花古来有名。因岭南北气候差异，梅花南枝已落，北枝方开。唐·杜甫《秋日荆南述怀》诗："秋雨漫湘水，阴风过岭梅。"宋·苏轼《定风波》词："万里归来颜愈少，微笑，笑时犹带岭梅香。"

五律一首　题深圳宝安西湾红树林

　　深圳宝安西湾海滨有红树，根深叶茂，连片成林，望之蔚然，乃当地多年精心栽种并培育而有之，今日成居民假日及早晚乐游之所。应邀为之题五律一首以供勒石。

佳城侈物华，红树接天涯。

蔽海吞岭野，排空喑浪花。

汤汤根立劲，郁郁叶生奢。

狂涛应识意，不令入千家。

二〇一六年十一月十一日

五律一首　陆河大醉思红菇味有诗

　　二〇一六年十一月，再次参与"品鉴岭南"采风活动，到达广东陆河，结亲棚，食红茹，有余味焉，为之诗。

红菌生南国，天遥誉未通。

色明幽谷草，香遍好风丛。

美女来林下，高人卧雪中①。

为思陶令味，愿做陆河翁。

二〇一六年十一月十一日

---

　　① 　语出：明·高启《梅花》诗。原诗云："雪满山中高士卧，月明林下美人来。"借其意而用之。

五律一首
行走陆河如至故地兼与
诸位朋友惜别

初梅明曲径，白水跃悬蹊。①

龟背人家老，云间日影低。②

问茶询古埔，观瀑见重霓。

别去三回首，山高路已迷。

二〇一六年十一月十二日

---

① 白水寨瀑布位于广东省汕尾市陆河县螺溪镇南和村，溪水从淘金坑流出，飞流直下，落差近 200 米，为县境内一著名景点。

② 陆河墩仔寨，形似龟背，又有龟背石，位于寨的最高处，为当地一著名旅游地。

五律一首
丙申初冬走陆河十里梅花长廊 [①]
惊见星星白梅早开有怀

不遇梅花海，回惊物候新。

一枝初绽雪，半岭早含春。

寒事南溪晚，瑶姿北嶂真。

驻车长相望，好与玉人亲。

二〇一六年十一月十二日

① 陆河十里梅花长廊，又称世外梅园，景区位于中国青梅之乡——广东省汕尾市陆河县水唇镇螺洞村。全村种植青梅上万亩，是粤东地区最大的连片梅园。每逢大寒前后，上万亩梅花争妍怒放，清香飘远，煞是壮观。梅园内的山、水、石、林等自然景观也独具神奇。

升虚邑诗存又续编

五律一首
丙申十月再游福州三坊七巷 ^①
有记怀诗两月后重校

文教昌明地，衣冠荟萃乡。

世迁长诡恶，课读自清昂。

家国名贤老，亭台晚桂香。

我来空凭吊，飞燕又归梁。

二〇一七年一月十日

---

① 三坊七巷位于福州中心老城区，占地约 40 公顷，由三个坊、七条巷和一条中轴街肆组成，分别是衣锦坊、文儒坊、光禄坊；杨桥巷、郎官巷、塔巷、黄巷、安民巷、宫巷、吉庇巷和南后街。三坊七巷自晋、唐形成起，便是贵族和士大夫的聚居地，清至民国走向辉煌，林则徐、沈葆桢、严复、陈宝琛、林觉民、林旭、冰心、林纾等大量对当时社会乃至中国近现代进程有着重要影响的人物皆出自于此。三坊七巷为国内现存规模较大、保护较为完整的历史文化街区，现存古民居约有 270 座，有 159 处被列入保护建筑，以沈葆桢故居、林觉民故居、严复故居等 9 处典型建筑为代表，是全国为数不多的古建筑遗存之一，有"中国城市里坊制度活化石"和"中国明清建筑博物馆"的美称。2009 年 6 月 10 日，三坊七巷历史文化街区获得文化部、国家文物局批准的"中国十大历史文化名街"荣誉称号。

五律六首　丁酉夏日有思

一

暑重醒人早，晨暝大雨行。

风驰荷万马，林啸叶千兵。

无事思何事，怀情忘昨情。

回眸云已渺，危坐学长生。

二

花落芳林暗，纷纷意怎如？

白头诸事尽，沧海一心孤。

荷满红翻恶，草深绿近芜。

欲接天外语，江上问渔夫。

三

祖逖飞流日①，曹瞒酾酒时②。

江山徒共语，运命固难知！

陈蔡弦歌绝，湘沅卜吊迟③。

一身焉用论，问命在屯茨。

四

《秋兴》不可诵，老杜岂孤音。

玉露诗臣泪，霜舟逐客心。

凋伤湘菊白，摇落楚枫金。

长啸焉能已，江山绝暮砧④。

---

① 晋祖逖立誓收复中原，统兵北伐，渡江中流，击楫而誓曰："祖逖不能清中原而复济者，有如大江！"辞色壮烈，是为"祖逖之誓"。

② 魏武帝曹操平定北方后，亲率83万大军南征孙权和刘备，试图一战而统一全中国。建安十三年（公元208年）冬十一月十五日夜，临江酾酒，横槊赋诗。然而赤壁一战，曹操大败，成三国鼎立之势，曹操至死也没能实现一统天下的宏愿。

③ 屈原有《卜居》一文，而贾谊有《吊屈原赋》，故言。

④ 杜甫有《秋兴八首》其一云："玉露凋伤枫树林，巫山巫峡气萧森。江间波浪兼天涌，塞上风云接地阴。丛菊两开他日泪，孤舟一系故园心。寒衣处处催刀尺，白帝城高急暮砧。"用其意。

五

无端吟《九辩》，又莅立秋时。^①

烈烈方滂沛，森森未萎离。

惧凋惊露近，伤落畏蝉欺。

百岁匆匆已，吾心复所之？

六

惴惴人何处，登高问远岑。

塞城凫翳莽，岩瀑上青森。

尘世多兴替，江山迈古今。

念兹心自歇，箕踞共云深。

二〇一七年七月二十七日至八月八日

---

① 宋玉《九辩》有云："悲哉秋之为气也！萧瑟兮草木摇落而变衰。憭栗兮若在远行，登山临水兮送将归。泬寥兮天高而气清，寂寥兮收潦而水清。憯凄增欷兮，薄寒之中人，怆怳懭悢兮，去故而就新。"

五律一首
丁酉秋月赴湘西芙蓉镇①与新朋旧友饮酒写字当日戏题一首不及校归来抄之以纪此游

曾慕芙蓉镇，来亲酉水河。

月沉崖瀑白，星落市声多。

酒借湘泉冽，书随宋纸坨。

明晨挥手去，将奈望心何？

二〇一七年十月六日

---

① 本名王村，是一个拥有两千多年历史的古镇，位于湘西土家族苗族自治州境内的永顺县，与龙山里耶镇、泸溪浦市镇、花垣茶峒镇并称湘西四大名镇。后因电影《芙蓉镇》在此拍摄，更名为"芙蓉镇"。现为国家4A级景区。

五律一首
秋深游延庆野鸭湖湿地
公园有歌

黄草分泱漭，长天合望围。

寒凫鸣晚照，孤鹜下重薇。

触目燕山壁，惊心妫^①获稀。

何须怜扫落，此季马应肥。

二〇一七年十一月三日

---

① 妫（guī）河，水名，源出北京市延庆区，流入桑干河。野鸭湖位于北京市延庆区西北部，属于华北平原向山西高原、内蒙古高原的过渡地带。原为延庆盆地东部妫水河、蔡家河下游，1955 年建成官厅水库，形成巨大的人工湖泊湿地。后建成北京延庆野鸭湖湿地保护区，保护区位于水库中上游，沟岔纵横，库湾众多，总面积 6873 公顷，湿地面积达 3939 公顷，是北京最大的湿地自然保护区，也是唯一的湿地鸟类自然保护区，湿地鸟类达 280 种，高等植物 420 种、鱼类 40 种，并有两栖类 5 种、兽类 10 种、昆虫类 182 种等。

五律一首
丁酉初冬又饮酒

此身何处老？

迢递问云泉。

泰岳风应举，

巴陵月正悬。

轮台千丈雪，

剑阁百重烟。

行过三闾庙，

长噫吊古贤。

二〇一七年十一月十六日

五律一首
前夜寒甚月极圆亮后始知为二○一七年初次及最后一次超级月亮^① 当时唯觉大奇思往贤咏月诗词兼怀远人口占

桑干今夜月，谁令帝城圆？

起舞苏居士，思乡李谪仙。

问虚怜只影，看白惜流年。

山在并州外，咸阳路几千？

二○一七年十二月五日

---

① 当月球达到近地点又正好是满月时，月亮看起来比平时大 14%，亮 30%，称为超级月亮。2017 年 12 月 3 日 22:46 形成满月，4 日 3:45 处在近地点——离地球约 222135 哩（357492 公里），故 3 日夜得见超级月亮。

五律二首
十二月二十七日晨起忽思一年将尽新年在望不觉感慨戏题

一

气冷来春意，冰心欲渡年。

牛歌江海外，鹤舞岛山前。

大道随代化，飘风任翥旋。

谁知夫子志，不在鸟鱼边？

二

王粲登楼意 ①，东坡渡海吟 ②。

长河孤日匿，银汉万星簪。

光重松侵墨，声高浪胜金。

偶思渔父去 ③，不为白云心。

二〇一七年十二月二十七日

---

① 王粲《登楼赋》有云："登兹楼以四望兮，聊暇日以销忧。览斯宇之所处兮，实显敞而寡仇。挟清漳之通浦兮，倚曲沮之长洲。背坟衍之广陆兮，临皋隰之沃流。北弥陶牧，西接昭丘。华实蔽野，黍稷盈畴。虽信美而非吾土兮，曾何足以少留。"

② 苏轼于绍圣四年（公元 1097 年）由惠州再贬儋州。直到元符三年（公元 1100 年）六月才自海南岛渡海北返，有《六月二十日夜渡海》诗云："参横斗转欲三更，苦雨终风也解晴。云散月明谁点缀？天容海色本澄清。空余鲁叟乘桴意，粗识轩辕奏乐声。九死南荒吾不恨，兹游奇绝冠平生。"

③ 屈原《渔父》云："屈原既放，游于江潭，行吟泽畔，颜色憔悴，形容枯槁。渔父见而问之曰：'子非三闾大夫与？何故至于斯？'屈原曰：'举世皆浊我独清，众人皆醉我独醒，是以见放'。渔父曰：'圣人不凝滞于物，而能与世推移。世人皆浊，何不淈其泥而扬其波？众人皆醉，何不哺其糟而歠其醨？何故深思高举，自令放为？'屈原曰：'吾闻之，新沐者必弹冠，新浴者必振衣；安能以身之察察，受物之汶汶者乎？宁赴湘流，葬于江鱼之腹中。安能以皓皓之白，而蒙世俗之尘埃乎？'渔父莞尔而笑，鼓枻而去。乃歌曰：'沧浪之水清兮，可以濯吾缨；沧浪之水浊兮，可以濯吾足。'遂去，不复与言。"

五律一首
丁酉腊月二十七日城外远眺

老去余痴眼，临看野色深。

早知杨岸瘦，竟喜柳风沉。

陌上花开梦，楼头燕呢心。

他年谁解得，冰下急流吟。

二〇一八年二月十二日

五律一首
五一纪行兼答好友问

年来何所务，海陬坐新寮。

衔草怜双燕，借枝思一鹪[①]。

植花惊异卉，听雨感奇潮。

君问魂归处，天涯有浪礁。

二〇一八年五月一日

---

① 《庄子·逍遥游》言："鹪鹩巢于深林，不过一枝；偃鼠饮河，不过满腹。"用其意。

五律一首
戊戌初夏暂居儋耳多遇平生
未识之花欣然作歌

乍入琼州境，已亲海外花。

梅红连户燃，兰白渡庭华。

艳色流云树，香音过岛霞。

谁言三径^①远，此地可为家。

二〇一八年五月三日

---

① 东汉·赵岐《三辅决录·逃名》云："蒋诩归乡里，荆棘塞门，舍中有三径，不出，唯求仲、羊仲从之游。"陶渊明《归去来兮辞》云："三径就荒，松菊犹存。"

五律一首　看花

长沐天南雨，

归惊地北花。

出篱光季气，

越井曜桑麻。

香忍春不尽，

心闲影自华。

对景当独坐，

好看一枝斜。

二〇一八年五月十日

五律一首
戊戌立秋后不日京城大雨

金风来亘速，

一叶感时迤。

何用秋山绛，

先知暑气湮。

物华嬗变疾，

人命用迁皱。

江海何能老，

吾生宁可新。

二〇一八年八月十二日

五律一首
戊戌立秋后不日京城大雨
之二

江徐^①慵再顾，

岭海两相闲。

掷卷登高迥，

望飞看广还。

云情笼岛野，

秋事远心颜。

不与荷蓧遇，

偎松看夕山。

二〇一八年八月十三日

---

① 江、徐，即六朝诗人江淹、徐陵。

五律一首
己亥大年初九日晨望

鸟鸣晴日好，

花绽静时妍。

竹翠轻烟里，

林青茂草前。

渔踪迷海角，

人迹问波巅。

荷笠欣何事，

长风过永天。

二〇一九年二月十三日

五律一首
北戴河地寒众花初放樱桃渐熟
有大快意焉

暑浪皇京盛，

榆关^①始放花。

不由听海意，

何用到天涯。

鸟噪初盈耳，

樱甜小供茶。

地偏人自远，

怎奈百枝夸。

二〇一九年五月二十四日

---

① 榆关，即山海关。

五律一首
北戴河听唱"蔷薇蔷薇处处开"
适见满城花放为之歌

蔷薇处处开,

堆艳上重台。

引蔓遮芳户,

流香拂玉腮。

以君妖灼意,

用我水云猜。

幽思谁为细,

青春不再来。

二〇一九年五月二十六日

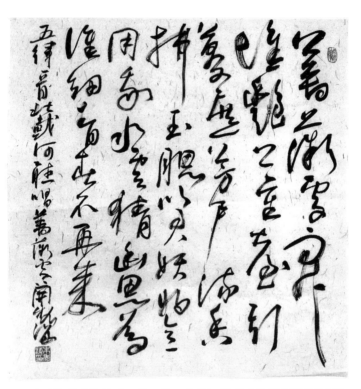

朱秀海书法作品《五律一首　北戴河听唱"蔷薇蔷薇处处开"
适见满城花放为之歌》

升虚邑诗存又续编

五律一首
入夏蔷薇愈盛有入异域之幻
大喜作歌

花事何堪忆，霏霏五月肥。

叠英升紫雾，腾粉上朝晖。

谁谓蓬瀛远，曾称岱峤 ① 非。

从来香界渺，一步一沾衣。

二〇一九年六月二日

---

① 有文字记载，东海之东北岸有岱屿、员峤、方壶、瀛洲、蓬莱五座仙山。这五座仙山连起来的面积是七万里，每座山的山顶是平的，面积在九千里，山上有美玉黄金搭建的楼宇，各种稀奇珍贵动物全是白色的，长着珍珠宝石的树到处都是，花朵与果实的味道都特别香甜，吃了能长生不老，五座仙山四周环海，无风时海浪还要有百尺高，只有神仙能到达此处。蓬瀛，岱峤，即指上述五座仙山中的四座，即蓬莱、瀛洲、岱屿、员峤。

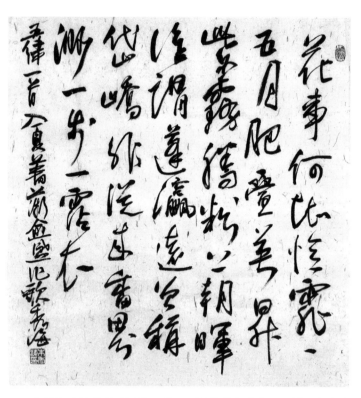

朱秀海书法作品《五律一首　入夏蔷薇愈盛有入异域之幻大喜作歌》

　　　　　　　　　　升虚邑诗存又续编

五律五首　庚子疫中诗草

　　庚子早春，大疫起于湖湘，闭户家中，不得武汉亲朋音信，且无所措手足，有不胜之悲，断续成诗五首。

一

庚子多奇祸，春迟草木伤。

柳惊青未著，梅痛蜡难芳。

北雁殃南疫，荆歌动鬼方[①]。

今知逢雨水，天地应汤汤。

---

　　① 鬼方是夏商周时西北部的方国，据王国维考证为畏方。其活动载于《山海经》《汲冢周书》《易经》《古本竹书纪年》《史记·殷本纪》和出土的《小盂鼎》及商周甲骨卜辞中。据《山海经》记载，一目国（鬼国），威姓，源自少昊之子。

二

闭户方几旬，鸿眸日望春。

天心归蓟草，疫火遍荆榛。

晚雪飞畿甸，哀思越楚津。

畏知新疫数，不敢问高邻。

三

未临蒙难地，羞作难中吟。

观火非他岸，伤情在我身。

旧知生可讯，新识死不忱。

休说伤心事，开言泪满襟。

四

万代千秋史，百无一用人。

论经轻巨擘，逢难等轻尘。

今日旁观者，当年赴死臣。

已知庚子纪，字字不关身。

五

几度问天心，大医何处寻。

苍溟惟昧昧，疠气日森森。

近水空酾酒，凌虚愧抚琴。

不逢长啸者，难效遏云吟[①]。

二〇二〇年二月二十三日至三月二日

---

① 《晋书·阮籍传》载："（阮）籍尝于苏门山遇孙登，与商略终古及栖神导气之术，登皆不应，籍因长啸而退。至半岭，闻有声若驾凤之音，响乎岩谷，乃登之啸也。"

五律一首
海南居所阶前鸡冠刺桐又放适读书至量子理论谓有观测者物迹即变此树有似之者

此际魂何在，

新花得意红。

一枝明远厦，

十里渡清风。

木叶知亲意，

桐心悟爱瞳。

何年沧海竭，

无令替斯衷。

一东

二〇二〇年七月七日

五律一首
辛丑立秋日见门前晚桃渐熟

一树当秋户，

风凉兀自青。

蓁蓁叶藏瑞，

累累香满陉。

无待佳人许，

先兴野老听。

重阳应未远，

来唱菊花馨。

二〇二一年八月七日

五律一首
辛丑立冬前夜京城大雪

好时佳气降，

瑞物兆来年。

玉碎收秋色，

梨寒满夜天。

诗成新闭户，

梅动旧开阡。

绿蚁兄安在，

先醺小火边？

二〇二一年十一月七日

升虚邑诗存又续编

五律一首
辛丑立冬前夜京城大雪
之二

昨日娓娓境，

翻成憭栗看。

流风吹白发，

回雪见余欢。

舞蹈同心界，

嘘唱坐忘湍。

琼姿如有意，

来绽月明阑。

二〇二一年十一月七日

五律三首　病中吟

壬寅晚春，命星晦暗，运有小厄，百事不能，无聊继之，兼疫情未退，万生困苦，可叹也夫！吟以纪此一难。

一

厄年逢虎岁，病眼但凭窗。

日出霞天只，燕飞柳漵双。

怀亲随月色，忆旧畏蛩腔。

无处驰洪思，滔滔下忘江。

二

疫重人间近，城扁绿水东。

看枝红谢寂，听哨羽啼空。

久困思长翼，时乖盼广风。

晓明庄梦续，布谷几声雄。

三

半生征四海，老去入茕宫。

曾未疑天道，古稀困病瞳。

凋残愚智一，开落古今通。

忽忆东临者，当时感慨同。

二〇二二年五月三十日

五律六首　九月二十七日纪事

一

长病恒无赖，欣欣试远征。

燕山舒广黛，蓟水耀澄明。

元气充畿极，阳光斥藕晴。

久思亲鹔鲋，今日得躬营。

二

白驹过隙疾，所虑在遥声。

去去芦盈岸，行行获照楹。

露迟荷尚绿，林静叶初赪。

萧瑟成今古，长空雁自鸣。

三

璇玑行永律，大块入苍黄。

仗梃瞭重碧，箕踞对萎荒。

晴岚浮岭岫，新菊炫篱床。

草木皆欣悦，人何自黯伤。

四

肃气临汀渚，菱花出水明。

当年新种柳，异日待红樱。

莲子青衣褐，枫溪正午清。

人间终是好，举目有心盟。

五

立绝长吁噫，望遥畅眼眉。

此生知竟老，久病耻前悲。

秋色归新朽，长风慰劲思。

当矜穷益壮，舞乱凤凰枝。

六

滔滔流永在，翯翯鸟轻飞。

爽气彤黎莽，韶光幻翠微。

清风桃叶渡，冷雨子陵矶。

万籁俱堪恋，依依坐落晖。

二〇二二年九月二十七日，十月六日校

升虚邑诗存又续编

五律一首　今日海口大晴

阳光千万里，

泼洒到天涯。

潮白琼州渡，

花明五指沙。

文心仍矍铄，

瑞气正喧哗。

他日当怀旧，

新词若可夸。

二〇二三年一月十三日

五律一首　壬寅腊尽

时逢新岁近，

人意杂桑麻。

暮与荷蓧立，

朝并野老嗟。

归迷牛矢路，

出耽海天霞。

谁道歌吹远，

椰风又大哗。

二〇二三年一月十四日

五律一首　壬寅除夕有怀

虎兔相逢夜，

否销泰降时。

天行恒自健，

人意厌长痍。

嘉气临礁户，

欢情到岭茨。

卯星当鼓舞，

勿使疫风吹。

二〇二三年元月二十三日校毕

七律一首
春至见梨花开读旧文《正当梨花开遍了天涯》因怀故人 ^①

又遇梨花次第开，山高水远两心谙。

春风何用新杨柳，旧痛哪堪见草莱。

杜宇啼亡身作土，苌弘死葬血成灰。

嫣红姹紫年年是，图画凌烟恨有哀。

二〇一六年三月二十七日

---

① 拙作《正当梨花开遍了天涯》发表于《光明日报》2014 年 1 月 3 日，为纪念对越自卫还击战中牺牲的战友郝修常而作。故人，泛指此次战争中牺牲的战友。

七律一首
丙申春网上游观春光烂漫喜之至有诗

宁有长天似水蓝，卧游何日不江南。

红云乱点清明雨，紫气轻浮上巳岚。

雁过荷芽梅气馥，莺鸣柳线蕙风甘。

春来禅意能持否，又破凡心三月三。

二〇一六年四月一日

七律一首　有所思

粉乱文章紫乱思，

春来无那又花枝。

曲江草长东风早，

上苑歌深画棹迟。

陵庙冷清三月雨，

世情蹉跎四时噫。

一年一度繁华忆，

写向西湖比旧诗①。

二〇一六年四月四日

---

① 近日又读明末·张岱《西湖梦忆》，有思，故言。

七律一首　有所思之又

红白纷纷下远村，

问花何日不销魂。

踏青草长东风雨，

滴泪莺啼祀火樽。

儿女春衫鸢早上，

友朋旧渡酒方温。

太平时节年年好，

回首应怜日又昏。

二〇一六年四月五日

七律一首　有所思之三

漫说春光色即空，

色空说尽又东风。

六朝竹菊思陶谢①，

五代松梅醉薛冯②。

柳巷樱唇莺唤紫，

苏堤杏靥雨怜红。

浮生得与繁华聚，

看尽芳菲是佛功。

二〇一六年四月十二日

---

① 陶谢，即陶渊明、谢灵运，皆为六朝诗人。

② 薛冯，即薛昭蕴、冯延巳，皆为五代词人。

七律一首　有所思之四

惜春尝在暮春时，
红遍天涯绿满墀。
飘雪杨花轻扑面，
映湖柳色漫侵眉。
燕泥筑润樱桃瓦，
李蕊飞残杏叶卮。
也问狂心何日好，
东风沉醉读唐诗。

二〇一六年四月十四日

七律一首
新剧《乔家大院之光明之路》^①
将成有思

戏写浮尘误此生，诗家端底意难平。

关张白马^②登山体，卢骆王杨^③吊水情。

向秀短歌题始破，刘伶长哭思方清。

片弦只管哪闻得，乱谱《梁州》^④又泪倾。

二〇一六年四月十七日

---

① 《乔家大院之光明之路》，为《乔家大院》电视剧第二部，后由华晟泰通传媒有限公司拍摄，路奇导演，张博主演，2018 年 7 月由中央电视台八套首播，改名《诚忠堂》。

② 关张白马，即关汉卿、张可久、白朴、马致远，均为元曲大家。

③ 卢骆王杨，即王杨卢骆，指被称为"初唐四杰"的文学家王勃、杨炯、卢照邻、骆宾王。

④ 《梁州》，即《梁州序》，曲牌名。

七律一首　有所思之五

春尽河山意复深，
哪堪风雨又登临。
平生偏嗜三分色，
垂暮唯余一片心。
情在芳菲香竟土，
发同霜雪岁成金。
也将遗爱移时好，
写就梅花对己吟。

二〇一六年四月十七日

七律一首
丙申春暮贵州铜仁沿河县
乌江百里画廊 ^① 纪游

二○一六年四月二十二日至二十八日应邀游览贵州省铜仁地区，访名胜，读山川，有误入桃源之快。二十三日游贵州铜仁沿河县乌江百里画廊，一日后有诗焉。

远上高岑瞭大荒，牂牁^②烟雨正茫茫。

万峰点墨分云海，一水盘蛇下雾疆。

悬壁斧开神鬼画，激湍船越死生廊。

莫询胜境何方有，黔北沿河好客乡。

二○一六年四月二十四日

---

① 乌江百里画廊是重庆市酉阳土家族苗族自治县及贵州省沿河土家族自治县风景名胜区，西部处于酉阳土家族苗族自治县阿蓬江、酉阳桃花源和沿河乌江山峡风景名胜区交界，东部处于沿河乌江山峡风景名胜区及阿蓬江、酉阳桃花源交界处，是一处集自然山水、历史古镇、民俗风情于一体的高品位的风景名胜区。

② 牂牁，古江名，即今乌江。

七律一首
丙申春暮贵州铜仁纪游
之一

　　二〇一六年四月下旬，有贵州铜仁之行。先至沿河县百里乌江画廊，成诗一首，后游松桃苗王寨，江口云舍村，登有天下名山之宗之称的梵净山之红云金顶。新朋旧友，歌声酒意，难以忘怀，不能无记，返京后一日，成诗一首记其事。

如绵细雨润森森，黔北何程不绿沉。

云舍龙潭魑魅老，苗王虎垒晓昏深。

歌连九曲三浮盏，酒至十分百哳音。

梵净神山同日月，又升莲路问禅心。

二〇一六年五月一日

七律一首
丙申春暮贵州铜仁纪游
之二

　　二〇一六年四月二十三日，登乌江黎芝峡观景平台。地在乌江左岸，高山耸出，梯形其状，天造地设以为远客临深履薄之具。就此俯瞰深峡幽谷，可得全貌。但见乌江游龙般蜿蜒来，曳尾去，裂山成谷，断崖成渊，深不可测，长亦不可测，诚造物者之巨著也。双壁夹江，乱峰耸峙，直上重霄。野花奇树，苍茫蓊郁。蔚然大观者也。忽见对岸山壁间，有一梯坡，于满山苍翠间，呈豁然开朗之势，土地平旷，屋舍俨然，有良田、美池、桑竹之属，唯不见阡陌交通，亦阙往来种作之男女及鸡鸣犬吠之闻。徘徊瞻望久之，方于左近山间依稀觑得一野径，断续如泉滴，挂于万丛林树之间，亦不见其上至田园屋舍处，下亦不见抵江水。知者告余曰：居此地之民，当年出山，即循此小径，至江边，乘蚁舟出，复乘蚁舟归，于涉江处登岸，陆路则不通也。又闻此地乃武陵余脉，恍惚久之，忽疑彼处非陶靖节之桃花源耶？居此处者非以逃秦者自譬之陶氏一家耶？由此思去，竟心猿意马，想念陶氏居此之情景。归去有诗，返京后二日校并纪之。

　　　　　　　　升虚邑诗存又续编

当日辞官为避秦，

渊明曾是画中人。

望云思翠啼猿树，

对岫看青落瀑春。

已赴南山开圃径，

还通西涧放舟津。

闲来垂钓乌江下，

神入苍茫绿入身。

二〇一六年五月二日校

七律一首
丙申春暮贵州绥阳
双河洞纪游

　　二〇一六年四月二十七日，游贵州绥阳双河洞。该洞已探明长度200余公里，称世界之最，内有水窟天坑，悬瀑复洞，茂林修竹，崇崖绝壁，实探险者之乐园、养生家之妙居也。归来三日后成诗一首以纪此游。

云山迢递去程遥，为上奇岭好折腰。

水窟淋漓驰魅影，天坑漭荡闭鹰哓①。

崖花百树开青瘴，雪瀑千寻落碧霄。

复有幽深不可测，神龙鬼魅语嚣嚣。

二〇一六年五月二日

---

① 哓，读 xiāo。

七律一首
再为《乔家大院》第二部开机事
赴山西祁县诗以纪之

《乔家大院》第二部本于三月初开机，缘于多事，致开机仪式今日方能举行。余受邀再赴山西，与众多新朋旧友相会，不亦乐乎？然亦有思。成诗一首。

再起笙簧满晋衢，深吟浅唱一时殊。

两山林壑飞花未，一水宫商入梦无 [①]。

心寄草莱思野献，形存江海惜廷瑚 [②]。

南风漫识书生面，还送歌吹到酒垆。

二〇一六年五月七日

---

① 山西素有表里山河之称，俗谓之两山夹一水，两山者，东有太行，西有吕梁，一水者，汾水也。

② 野献，古人有野人献芹之说，故言。廷瑚者，庙堂之器，代指庙堂。

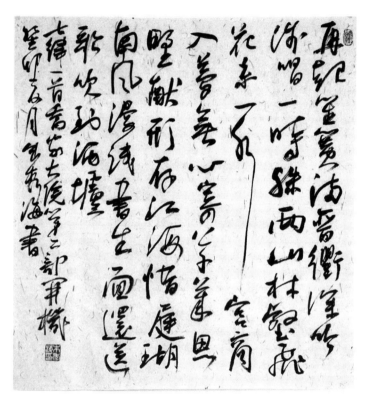

朱秀海作品《七律一首　再为〈乔家大院〉第二部开机事赴山西祁县诗以纪之》

　　　　　　　　　　　升虚邑诗存又续编

七律一首
晨梦深深有花香入室
醒来有诗

夏气氤氲过陛堂，

蔷薇始绽五分香。

游词空引魂波涌，

噪燕徒随意浪翔。

井坐当思鱼化鸟，

村居已倦句成章。

仄平平仄浑抛去，

一纵心猿入远乡。

二〇一六年五月十日

七律一首　丙申初夏闲咏之一

花满林梢果满枝，

物华红翠夏初时。

莺声湖畔萍遮雨，

柳色城头草染篱。

读史已停三废叹，

听风漫纵九嗟疑。

鸟飞鱼跃多心付，

弥望烟波是钓池。

二〇一六年五月十六日

七律一首
题朱向前先生
宜春别墅壁

　　朱向前先生，吾友也。中国当代著名文艺评论家、书法家。曾任解放军艺术学院文学系主任、副院长。中国毛泽东诗词研究会副会长，中国作家协会全国委员会委员，军事文学委员会副主任。退休后在故乡江西宜春市置别墅安居。余曾两次受邀作客，饮酒乐甚，不能无诗。

秀江雅墅^① 立青苍，天下人知员外^② 堂。

逸少当同三级禄^③，子云还逊五车床^④。

兰亭笔墨飞花乱^⑤，白鹿诗文落叶香^⑥。

夺席谈经^⑦ 何日再，坐中狂介有朱郎^⑧。

二〇一六年六月十日

① 秀江，即袁河，流经宜春市。朱向前别墅位于秀江之侧，故言。

② 朱向前退休后归于故土，自号袁州员外郎，故言。

③ 逸少，即王羲之。王氏官至右军将军。朱向前善书，这里戏言朱向前退休之俸大约与王羲之相类。

④ 子云，即杨雄。唐·卢照邻有诗云："寂寂寥寥扬子居，年年岁岁一床书。"又有《庄子·天下》篇言："惠施多方，其书五车。"这里借言朱向前读书之多。

⑤ 朱向前秀江别墅落成之后，文人雅士云集，时有兰亭之会，故言。

⑥ 白鹿洞书院，位于江西省九江市庐山五老峰南麓，始建于南唐，与湖南长沙岳麓书院、河南商丘应天书院、河南登封嵩阳书院，合称为"中国四大书院"。后又与江西吉安的白鹭洲书院、江西铅山的鹅湖书院、江西南昌的豫章书院，并称为"江西四大书院"。朱向前以国内著名文化人士之身回归故土，其新居立即成为当地文化人士荟萃之所，有"宜春白鹿洞"之誉。

⑦ 典出《后汉书·戴凭传》：东汉光武帝刘秀喜欢谈经，在正月初一令能够谈经的群臣百官互相诘难，凡在经义上辩驳失败者，就将座位让给辩胜者。侍中戴凭连续取胜，一连坐了50余个席位。这里是希望朱向前秀江别墅将来能成为一个国内有影响的文化交流中心。

⑧ 朱郎，作者自谓也。

七律一首　丙申初夏闲咏之二

雪貌冰肌为底莹，风烟何处不娇声。

天涯自是多歌女，海内才疑重舞行。

　曲借《霓裳》①花解语，诗承《橘颂》②柳含情。

莺惊燕顾谁怜得，回问江帆万里程。

二〇一六年六月十二日

---

① 《霓裳羽衣曲》的略称。唐·白居易《琵琶行》云："轻拢慢捻抹复挑，初为《霓裳》后《六幺》。"又《长恨歌》云："渔阳鼙鼓动地来，惊破霓裳羽衣曲。"

② 《橘颂》，楚辞。作者屈原，作者借以橘树拟人，赞美了坚贞不移的品格。

七律一首　丙申初夏闲咏之三

曾用深情寄远方，凌霄一啸拊云长。

　歌成《易水》^①吴钩暗，吟就《无衣》^②菊事荒。

蝶国无凭庄自梦^③，天池有路鸟宜伤^④。

此时但惜残阳色，日染杨雄五尺堂。

二〇一六年六月十五日

---

① 《易水歌》，又作《渡易水歌》，是战国时期荆轲将为燕太子丹去秦国刺杀秦王，在易水饯别之际吟诵的一首悲歌，通过描写秋风萧瑟、易水寒冽，渲染了苍凉悲壮的肃杀气氛，渗透出歌者激越澎湃、大义凛然、义无反顾的献身精神。歌曰："风萧萧兮易水寒，壮士一去兮不复还。"

② 《无衣》，《诗经·秦风》的一篇。原诗云："岂曰无衣？与子同袍。王于兴师，修我戈矛，与子同仇！岂曰无衣？与子同泽。王于兴师，修我矛戟，与子偕作！岂曰无衣？与子同裳。王于兴师，修我甲兵，与子偕行！"

③ 典出《庄子·齐物论》，原文曰："昔者庄周梦为蝴蝶，栩栩然蝴蝶也，自喻适志与，不知周也。俄然觉，则蘧蘧然周也。不知周之梦为蝴蝶与，蝴蝶之梦为周与？周与蝴蝶则必有分矣。此之谓物化。"

④ 典出《庄子·逍遥游》，原文曰："北冥有鱼，其名为鲲。鲲之大，不知其几千里也；化而为鸟，其名为鹏。鹏之背，不知其几千里也；怒而飞，其翼若垂天之云。是鸟也，海运则将徙于南冥。南冥者，天池也。"

七律一首　丙申夏至

未论炎炎夏已长，
蝉音伏信过渔桑。
有情梅雨私兰蕙，
合令暑烟孕稻粱。
月下林莺时渡语，
花间词韵偶成章。
谁教夏至成嘉节，
薰风日夜百草香。

二〇一六年六月二十一日

七律一首　丙申仲夏夜闻笛

悔忆湖山又几年，褐衣藁色入新天。

风尘何用嗟杨柳，吟啸才能付管弦。

向秀情怀《思旧赋》[1]，曹霑[2] 魂魄悼红川。

谁家玉笛孤吹好，一夜凄清到客边。

二〇一六年六月二十三日

---

[1]　魏晋·向秀《思旧赋并序》云："余与嵇康、吕安居止接近，其人并有不羁之才。然嵇志远而疏，吕心旷而放，其后各以事见法。嵇博综技艺，于丝竹特妙。临当就命，顾视日影，索琴而弹之。余逝将西迈，经其旧庐。于时日薄虞渊，寒冰凄然。邻人有吹笛者，发音寥亮。追思曩昔游宴之好，感音而叹，故作赋云：'将命适于远京兮，遂旋反而北徂。济黄河以泛舟兮，经山阳之旧居。瞻旷野之萧条兮，息余驾乎城隅。践二子之遗迹兮，历穷巷之空庐。'叹《黍离》之愍周兮，悲《麦秀》于殷墟。惟古昔以怀今兮，心徘徊以踌躇。栋宇存而弗毁兮，形神逝其焉如。昔李斯之受罪兮，叹黄犬而长吟。悼嵇生之永辞兮，顾日影而弹琴。托运遇于领会兮，寄余命于寸阴。听鸣笛之慷慨兮，妙声绝而复寻。停驾言其将迈兮，遂援翰而写心。"

[2]　曹霑，即曹雪芹，《红楼梦》作者。

七律一首　立秋

此生永苦夏时长，
又报金声在甸荒。
未思履霜冰雪近，
已矜去暑地天张。
习禅初悟尘间幻，
尊孔曾闻川上伤[①]。
意趣老来真叵那，
再为伏步恨秋缰。

二〇一六年八月七日

---

① 语出《论语·子罕》篇："子在川上曰：'逝者如斯夫，不舍昼夜。'"

七律一首
八月十七日京城夜雨梦入故山
种种适意晨起有诗

误将夜雨认林泉，一入云山二百年。

炼汞尝偷兜率①火，弈棋已胜烂柯仙。

忽然垂钓天台下，倏尔冯虚鸟翼边。

梦觉长听檐注激，神思仍在月明川。

二〇一六年八月十八日

---

① 在古典小说《西游记》里，太上老君住在离恨天的兜率宫且在此炼丹，故言。

七律一首　处　暑

篱黯青森叶孕黄，流年半去又秋光。

感风应痛红荷老，恨雨当知紫苇狂。

一别江郎^①无吊客，还吟宋赋^②有断肠。

韶华难拒兼难诉，且共飞花立晚凉。

二〇一六年八月二十二日

---

①　江淹《别赋》云："黯然销魂者，唯别而已矣。况秦吴兮绝国，复
燕宋兮千里。或春苔兮始生，乍秋风兮暂起。是以行子肠断，百感凄恻。风
萧萧而异响，云漫漫而奇色。舟凝滞于水滨，车逶迟于山侧，棹容与而讵前，
马寒鸣而不息。掩金觞而谁御，横玉柱而沾轼。"

②　宋玉《九辩》云："悲哉，秋之为气也！萧瑟兮草木摇落而变衰。"

七律一首　读经有惑兼就教于识者

因缘所致，连续数月读经，大小乘杂之，不得甚解，写诗记之。

佛说身空法亦空，西天何用起玄宫？

因缘演尽无明始，涅槃功成灭度同。

普渡焉从欲海渡，慈航可自幻津通？

往生宁是如来意，一念南无牛马风。

二〇一六年八月二十七日

七律一首　丙申秋日饮酒

村居何事感沧桑，
夜气如冰月似霜。
人世百年听阵马，
秋声万里走风樯。
一身颠倒终词客，
卅载蹒跚老帝乡。
阮籍不知长啸意，
又临逝水痛飘黄。

二〇一六年九月三日

七律一首　丙申秋日饮酒之二

掩卷空知老杜伤，

千年长恨怎思量。

骚人命共金风朽，

大块时听雁阵霜。

对菊已惊枫露暗，

系舟难道地天荒。

酾酒遍叩前生事，

依旧秋心入莽苍。

二〇一六年九月五日

七律一首 白露

继续读经，因不通而有所悟，快哉快哉，又写一诗记之。

读经三月恨无称，菩萨难为遍读僧。

四谛稍通唯苦谛，六根欲净只身能。

新词试写秋山紫，旧卷才开夏水澄。

回首佛陀情已缈，原来涅槃是心乘。

二〇一六年九月七日

七律一首　再读庄

重读《庄子》，夜有梦，心觉大快，醒而有诗。

梦入残编亦可讥，《南华》^① 久别应知非。

望洋陋士^② 时时有，曳尾灵龟^③ 在在归。

辽历能甘鲋辙味^④，逍遥先识海风机^⑤。

蝶身愿化三千亿^⑥，伴得庄周世世飞。

二〇一六年九月九日

---

① 《庄子》又名《南华经》，故言。

② 《庄子·秋水》云："秋水时至，百川灌河；泾流之大，两涘渚崖之间，不辩牛马。于是焉河伯欣然自喜，以天下之美为尽在己。顺流而东行，至于北海，东面而视，不见水端。于是焉河伯始旋其面目，望洋向若而叹曰：'野语有之曰："闻道百，以为莫己若者。"我之谓也。且夫我尝闻少仲尼之闻，而轻伯夷之义者，始吾弗信，今我睹子之难穷也，吾非至于子之门，则殆矣，吾长见笑于大方之家。'"

③ 《庄子·秋水》云："庄子钓于濮水，楚王使大夫二人往先焉，曰：'愿以境内累矣！'庄子持竿不顾，曰：'吾闻楚有神龟，死已三千岁矣，王巾笥而藏之庙堂之上。此龟者，宁其死为留骨而贵乎，宁其生而曳尾于涂中乎？'二大夫曰：'宁生而曳尾涂中。'庄子曰：'往矣！吾将曳尾于涂中。'"

④ 《庄子·外物》云："庄周家贫，故往贷粟于监河侯。监河侯曰：'诺！我将得邑金，将贷子三百金，可乎？'庄周忿然作色，曰：'周昨来，有中道而呼者，周顾视，车辙中有鲋鱼焉。周问之曰："鲋鱼来，子何为者邪？"对曰："我，东海之波臣也。君岂有斗升之水而活我哉？"周曰：'诺，我且南游吴、越之王，激西江之水而迎子，可乎？'鲋鱼忿然作色曰：'吾失吾常与，我无所处。吾得斗升之水然活耳。君乃言此，曾不如早索我于枯鱼之肆！'"

⑤ 《庄子·逍遥游》云："北冥有鱼，其名为鲲。鲲之大，不知其几千里也；化而为鸟，其名为鹏。鹏之背，不知其几千里也；怒而飞，其翼若垂天之云。是鸟也，海运则将徙于南冥。南冥者，天池也。《齐谐》者，志怪者也。"《谐》之言曰："鹏之徙于南冥也，水击三千里，抟扶摇而上者九万里，去以六月息者也。"

⑥ 《庄子·齐物论》云："昔者庄周梦为蝴蝶，栩栩然蝴蝶也，自喻适志与，不知周也。俄然觉，则蘧蘧然周也。不知周之梦为蝴蝶与，蝴蝶之梦为周与？周与蝴蝶则必有分矣。此之谓物化。"

七律一首　丙申中秋看月兼怀嫦娥

岁岁蟾宫望玉槎，

海天已老夜空奢。

银河八月星应雨，

人世今宵影妒花。

舞乱云鬟冰袖冷，

立成羽步桂庭斜。

寒衣又见催刀尺，

渐起晨光不见家。

二〇一六年九月十五日，十七日改

七律一首　题《洛神图》

在网上看《洛神图》，又读曹子建《洛神赋》，不觉神为之往。成诗一首。

回雪流风[①]何可拟，又惊神女莅兰汜。

画成道子[②]情难著，赋就陈思[③]色尚遗。

戏石鸣鸾䠀步小，凌波舞鹤恨眸迟。

九嶷帝子知应妒，啼遍潇湘未泪枝。

二〇一六年九月十九日

---

① 语出曹植《洛神赋》："其形也，翩若惊鸿，婉若游龙。荣曜秋菊，华茂春松。髣髴兮若轻云之蔽月，飘飖兮若流风之回雪。"

② 吴道子（约公元680年—公元759年），又名道玄，唐代著名画家，画史尊称"画圣"。

③ 曹植生前曾为陈王，去世后谥曰"思"，因此又称陈思王。赋即《洛神赋》。

七律一首　论史之一

此身功业在诗余，
夏域重雄孰敢居。
大禹胼胝千水偃，
秦皇叱咤九区舆。
初开混沌亡巢卵，
直上扶摇死淖蛉。
论定当期三代后，
慢从草雀说鹏鱼。

二〇一六年十月十三日

七律一首　论史之二

殁去应思汉相张，
功成急遁白云乡。
孔明垂创君臣信，
姜尚开兴日月当。
尽瘁终难辞缧绁，
持忠翻令老仓皇。
天怜一病教先死，
帝阙千重也泪伤。

二〇一六年十月十五日

七律一首　论史之三

当日遄飞事事沮，

子惊妇号意何如。

衰身已痛逃生了，

残命应思走计疏。

去病功奇宜早殁，

卫青宠极待先除。

李陵曾是忠良将，

老死匈奴鬼尚嘘。

二〇一六年十月十九日

　　　　　　　升虚邑诗存又续编

七律一首　论史之四

古稀再仆志难灰，
已识天心在草莱。
易算囚身今岁尽，
风听国运此春回。
金瓯待补前人碎，
大业看凭只手开。
翻覆乾坤弹指事，
惊雷坐等起倾杯。

二〇一六年十月二十一日

七律一首
丁酉新年澳洲度除夕有怀

二〇一七年一月二十七日在澳大利亚阿德莱德过除夕，亦有思焉，成诗一首。

江山北望又春时，独坐天涯思旧知。

似是白头心事迥，哪堪他国景风奇。

梅花应伴除夕雪，爆竹当催元日诗。

却喜儿孙团聚好，漫听笑闹举盈卮。

二〇一七年一月二十七日于阿德莱德

七律一首　丁酉早春海口戏题

乍别蓬壶①六十秋，天涯久莅小回头。

清风省识迟来面，明月终随不系舟。

茶淡频嘲丰市②老，酒多犹哂武陵俦。

一耽旷野唯云树，看尽藤花并水流。

二〇一七年二月二十五日

---

① 蓬壶，即蓬莱山和壶山。古代传说中的两座海中仙山。

② 丰市，即新丰市。唐朝诗人王维《观猎》诗云："忽过新丰市，还归细柳营。"

七律一首　丁酉暮春偶感

浮生自放百年身，更向天涯觅瀚沦。

王质^①前尘奇遇少，孙登^②旧忆白云亲。

山深桂子三飞盏，门塞蕉风九探津。

欲问八仙归海路，忽然羞怅满衰巾。

二〇一七年四月二十九日

---

① 王质，任昉《述异记》中人物，王质某一天去山中打柴，观仙人对弈，在山中逗留了片刻，人世间已经发生了巨大的变化。

② 孙登，字公和，号苏门先生，魏晋时期隐士。

七律一首　丁酉秋日自画

末知九月味偏长，

乱走天涯看莽苍。

大块已谙千水暗，

浮生又入万山光。

旧朋难遇唯呼酒，

新境多迷再问乡。

图画此时谁识得，

苍颜白发老癫狂。

二〇一七年九月三十日

七律一首　丁酉中秋

　　今年中秋，吾家四世同堂，乐何如之。因儿孙将谋远行，乐中之悲也。

千树金黄万树红，
登楼无限向西风。
江山晚照墟烟里，
城阙横吹雁阵中。
一夜霜心流镜璧，
半秋桂魄走银穹。
已知他日长相忆，
此岁蟾光四世同。

二〇一七年十月四日

　　　　　　　升虚邑诗存又续编

七律一首
丁酉深秋登京西鹫峰
望红叶口占

豪取浮生半日迁，

小临名岫水云巅。

纷纷紫下林飞雨，

溁溁红蒸岭上烟。

一片轻岚升栌壑，

千般天籁过枫渊。

今时识得秋声好，

万卷霜山只独怜。

二〇一七年十一月二日

七律一首　丁酉晚秋西山远眺

此夕何须问此生，

山山嶒峙雁行鸣。

白云黄叶千寻起，

金岫银岚万仞惊。

李广弓强心未死，

陆游辞壮意难轻。

孤亭坐望欣何事，

绛紫无边入我觥。

二〇一七年十一月十日

　　　　　　　　升虚邑诗存又续编

七律一首　丁酉岁末又感事

惊魂又哂耻心东，
谁向高明憾此穷。
枢密功名原粪土，
铁衣岁月竟蛇虫。
节堂黄白羞旗鼓，
虎帐宫商污甲弓。
千古败成多少事，
笑谈长恨在渔翁。

二〇一七年十一月三十日

诗 091

七律一首　丁酉冬至有怀

江凝海涸感迁迟，
又是乾坤幻化时。
已念春风临白草，
还期柳色上青枝。
沉雷有日惊庭榭，
新萼行将闹苑池。
回首野梅山外好，
寒亭久坐看芳姿。

二〇一七年十二月二十二日

七律一首　丁酉冬至有怀之二

命至冬藏易养身，

禅床长卧思前尘。

有涯波涌余秋水，

无限芳菲但竹邻。

旧学已嗤风雅颂，

新声待哂恶诙辇。

一年无雪空时令，

何处冰芽可报春？

二〇一七年十二月二十二日记

之后四日校定

七律一首　二〇一八年元旦

偶从冰下看新枝，

梅蕊渐开柳渐姿。

冬势方隆声潺潺，

春程乍步意迟迟。

哪堪白首听钟鼓，

还笑欢心上眼眉。

好景一年君记否，

东风未渡已相思。

二〇一八年一月一日

七律一首
新年伊始因微恙住院晨起
俯瞰玉渊潭北岸有思

崇楼繁阁出朝晞，冰重潭寒日上帏。

寂寂枢堂余节鼓，峨峨虎帐远戎机。

卫青受命唯知耻，苏武临危但惧诽。

池闭亭空谁忆得，当年曾识野鸦飞。

二〇一八年一月二十一日

七律一首
丁酉岁残戊戌元日不远
春已在望有思

谁引孤心觑柳桥，东风暗渡待柔条。

未闻早雁鸣千里，已见新芽俏一朝。

塞上烟穹空滢碧，胸间云岸有喧嚣。

年年岁尾怜残墨，乱染春情入野飘。

二〇一八年二月八日

七律一首
戊戌元宵夜观月夜声寂然书一绝意不尽
重读《东京梦华录》复成一律

家住开封汴水湾，上元灯市接鳌山 ①。

夷门 ② 龙舞惊鱼鼓，御路 ③ 银花燦火攀。

柳乱待人香影弱，月明听竹玉栏闲 ④。

包公 ⑤ 本是风尘吏，曾让尧民乐咏还。

二〇一八年三月二日

---

① 鳌山，宋元时俗。元宵节用彩灯堆叠成的山，像传说中的巨鳌形状，故言。宋·周密《乾淳岁时记·元夕》："元夕二鼓，上乘小辇，幸宣德门观鳌山。擎辇者皆倒行，以便观赏。山灯凡数千百种。"

② 战国魏都城的东门，后成为大梁（开封）的别称。

③ 这里是指御街。《东京梦华录》云："坊巷御街，自宣德楼一直南去，约阔二百余步，两边乃御廊，旧许市人买卖于其间，自政和间官司禁止，各安立黑漆杈子，路心又安朱漆杈子两行，中心御道，不得人马行往，行人皆在廊下朱杈子之外，杈子里有砖石甃砌御沟水两道，宣和间尽植莲荷，近岸植桃李梨杏，杂花相间，春夏之间，望之如绣。"

④ 语出欧阳修词《生查子·元夕》："去年元夜时，花市灯如昼。月上柳梢头，人约黄昏后。今年元夜时，月与灯依旧。不见去年人，泪湿春衫袖。"

⑤ 包公，即包拯，曾权知开封府。

七律一首　戊戌早春有望

花满桃源竹满津，此生偏喜野山春。

烟波江岸清风永，蓬累檐间半月新。

崖下渔歌余晚唱，岭头云树待晨亲。

一声欸乃青篙入，舟上孙登是旧人。

二〇一八年三月六日

　　　　　　　　升虚邑诗存又续编

七律一首　戊戌早春海口纪怀

闻雪方惊魏武台^①，又临儋耳问花堆。

春雷正携天风起，旭日还从椰浪回。

海升五指云依枕，石出万泉月染腮。

白发光阴休辜负，一步一程看景开。

二〇一八年三月十六日

---

① 此次由北戴河赴海南，出发时北戴河尚可见雪，故言。

朱秀海作品《七律一首　戊戌早春海口纪怀》

　　　　　　　　　　　　　　升虚邑诗存又续编

七律一首
戊戌早春海口西
海岸远眺

沧溟久望蜃楼开，云影鸥声去复来。

日夜潮风通海信，古今心事问书灰。

沉舟迹灭人不觉，新港花明我似回。

此劫尚余几世渡，琼州一过一倾杯。

二〇一八年三月十九日

七律一首　春日出京赴西安车上

生气充盈无尽藏，春来天地满青苍。

花知盛节红成雨，叶在澄晴绿焕光。

一线江河余故史，几湾人户务新桑。

欲寻父老同鸡酒，已见飞车过孟乡①。

二〇一八年四月十八日

---

① 孟乡，即孟浩然之乡。孟浩然有诗云："故人具鸡黍，邀我至田家。绿树村边合，青山郭外斜。开轩面场圃，把酒话桑麻。待到重阳日，还来就菊花。"

七律一首　长安楼头远眺

终南阴岭下咸阳，泾渭千年绕帝乡。

云蔽五津①湮暮雨，山低三辅②翳春光。

刘郎③叱咤来天马，赵政④喑呼一众王。

此日不闻《将进酒》，灞桥应恨柳丝长。

二〇一八年四月十九日

---

① 出自王勃诗句"城阙辅三秦，风烟望五津"。五津：四川岷江古有白华津、万里津、江首津、涉头津、江南津五个著名渡口，合称五津。

② 三辅，又称"三秦"，本指西汉武帝至东汉末年，治理长安京畿地区的三位官员京兆尹、左冯翊、右扶风，同时指这三位官员管辖的地区京兆、左冯翊、右扶风三个地方。隋唐以后称"辅"。

③ 汉武帝刘彻。唐·李贺《金铜仙人辞汉歌》有言："茂陵刘郎秋风客，夜闻马嘶晓无迹。"

④ 秦始皇嬴政，嬴姓，赵氏，名政，又称赵政。

七律一首
一春事繁终得半日之闲
寻芳不遇

问黛踏青事已迟，繁华飘尽向南枝。

山深三径家家柳，云白孤松涧涧鹂。

胜景年年随梦歇，芳心寸寸对春痴。

荼蘼谢后魂何在①，细雨楼头看酒旗。

二〇一八年四月二十一日

---

① 古人有"荼蘼谢后花事了"之句，借其意而用之。

七律一首　又至观音山

应《香港商报》之邀，再赴岭南，登观音山，写字观瞻，有旧
地重游之快。至此余已三上观音山矣，不能无诗。

还共群贤入旷苍，海天浩气两茫茫。

南溟鲸吸驰波涌，北地雷鸣化李棠。

禅界纶音空舍断，人间正道又沧桑。

三临此境心何快，春色为吾证广长①。

二〇一八年四月二十三日

————————

①　广长，即广长舌，指佛的舌头。据说佛舌广而长，覆面至发际，
故名。

七律一首
四月二十五日微雨走深圳龙岗甘坑客家古镇①

蝴蝶庄周两相疑，翩翩又过大鹏②枝。

庄周是蝶周也舞，蝴蝶是周蝶亦痴。

小镇春时媚似锦，古楼雨后静成思。

若闻深巷有花卖，停车三顾看香姿。

二〇一八年四月二十六日

---

① 甘坑客家小镇是华侨城集团打造的荟萃深圳本土客家民俗、客家民居建筑、客家民间艺术、客家传统美食、客家田园风光为一体的文化旅游景区。起源于明清时期的甘坑村，是一个有着悠久历史的古老村庄，与观澜版画村、鹤湖新居、麻磡村、大万世居等一同被誉为深圳十大客家古村落之一。2017年7月，甘坑客家小镇入选首批国家级文旅特色小镇。

② 深圳，又称鹏城，故言。

七律一首 欲题某寺壁恐寺僧不许

尘寰法界两缘空，地狱天宫一净同。

阅尽苍茫般若路，看穷苦灭梵王宫。

禅庭冷寂新花雨，金像庄严近暮虹。

小立山门何劫事，曾听鸟噪过南风。

二〇一八年五月八日

七律一首　戊戌初夏有思

郁郁葱葱入夏时，青冥长望感新知。

浮光幻影人间世，夕雨朝晖陌上诗。

尽落煌煌金有梦，暗生累累紫盈枝。

白云日日从苍狗，回首凌霄又满篱。

二〇一八年五月十五日

七律一首　汉阳陵^①远眺

一百名陵^②沐野风，三千旧史此眸空。

汉秦宫阙余青草，文景功勋没古铜。

家国恩仇归晚照，《诗》《书》爱恨寄前冲。

当时谁唱阳关曲^③，又望泾流入渭东。

二〇一八年六月一日

---

①　阳陵，又称汉阳陵，是汉景帝刘启及其皇后王氏同茔异穴的合葬陵园，位于今陕西省咸阳市渭城区正阳镇张家湾、后沟村北的咸阳原上，地跨咸阳市渭城区、泾阳县、西安市高陵区三县区。

②　书载，陕西境内有108座帝王陵墓。

③　阳关曲，琴曲名。即《阳关三叠》，又为词牌名。因唐·王维《送元二使安西》诗（又名《渭城曲》）"西出阳关无故人"一句而得名。此处即指此诗。全诗云："渭城朝雨浥轻尘，客舍青青柳色新。劝君更尽一杯酒，西出阳关无故人。"

七律一首　戴清民将军诗作读后

戴清民将军，我军信息战专家，诗人，书法家。1943年生于山西万荣县，1960年参加中国人民解放军，历任通信团长、通信总站主任、总参某部部长、军队信息化专家咨询委员会主任，少将军衔。多年以来酷爱中国传统文化，先后创作古体诗词2000余首，出版诗词选4部。作品沉蕴典雅，有古人之风。2018年6月偶遇于陕西泾阳，得读其诗作，有感佩焉。成诗一首。

丽采华章照眼明，此心何负此生情。

天山冰雪随尘远，彭泽歌诗应日盈。

李广猎田仍没羽，卫青卸甲正倾舣。

谁将惜幼怜孙句，化作惊弦破阵声。

二〇一八年六月十七日

七律一首　戊戌夏日北戴河

七月十四日，在北戴河。长篇电视连续剧《乔家大院》第二部《诚忠堂》于央视八频道首播完毕，亦有思焉。

湮翠沉红感夏移，海山鹤立望潮痴。

樽前歌哭当年恨，枕畔兴亡旧日思。

对景哪堪吟浩涌，怀情无计问遥吹。

如雷凉气携风雨，又送惊心过广枝。

二〇一八年七月二十日校

七律一首　戊戌夏日北戴河之二

住北戴河一月余，日走海滨，诵魏武帝诗，有思焉。

　　此命曾经几劫侵，当年碣石又东临。

　　洪波仍待秋风起，银汉方从夏月沉。

　　浪打铿锵残戈在，诗存慷慨故潮吟。

　　无边狐兔随榛莽，出没英雄未了心①。

二〇一八年七月二十二日

---

　　①　曹孟德《观沧海》诗云："东临碣石，以观沧海。水何澹澹，山岛竦峙。树木丛生，百草丰茂。秋风萧瑟，洪波涌起。日月之行，若出其中。星汉灿烂，若出其里。幸甚至哉，歌以咏志。"

七律一首　戊戌夏日北戴河之三

听人谈儿童疫苗①之祸，初不解，亦不信，继尔成真，恨，复不解。成诗一首。

一旦天边向晚霞，难将世事对人夸。

旧经再读仇奸丑，众怨初听痛鬼蛇。

小贼何教成大患，恶虫谁令祸新芽。

汗青历历书前史，再见伤心到万家。

二〇一八年七月二十三日

---

① 2018 年问题疫苗事件：2018 年 7 月 15 日，国家药品监督管理局发布通告指出，长春长生生物科技有限公司冻干人用狂犬病疫苗生产存在记录造假等行为。这是长生生物自 2017 年 11 月被发现百白破疫苗效价指标不符合规定后不到一年，再曝疫苗质量问题。2019 年 2 月，吉林长春长生科技有限公司问题疫苗案件相关责任人被严肃处理。3 月 12 日，最高人民检察院检察长张军在作 2019 年最高人民检察院工作报告时说，长生公司问题疫苗案，吉林检察机关依法批捕 18 人。

七律一首
戊戌立秋后不日
京城大雨

淅淅窣窣渡梦沉，好听夜雨到凉心。

片红已忆含珠落，万绿频思在水吟。

秋渐登危鸿野阔，天高立绝岭霞金。

醒来又见曈曈日，坐啸长风到古今。

二〇一八年八月十五日

114　　　　　　　　　　　　　升虚邑诗存又续编

七律一首
戊戌立秋后不日
京城大雨之二

曾有余年思渡秦，雄关长解远畸人。

涌泉用为《南华》①语，好色留图北苑②春。

六国灭生听似幻，始皇功罪认疑真。

天涯步步云追月，回目潮头几钓身。

二〇一八年八月十六日

---

① 语出《庄子·盗跖》："且跖之为人也，心如涌泉，意如飘风。"
后世以此形容庄子本人。又三国魏曹植《王仲宣诔》："文若春华，思若涌泉，
发言可咏，下笔成篇。"《南华经》，即《庄子》。

② 北苑，代指皇室园林。语出唐·卢纶《春词》："北苑罗裙带，尘
衢锦绣鞋。醉眠芳树下，半被落花埋。"又《北史·魏明元帝纪》："癸丑，
穿鱼池於北苑。"又宋·吴曾《能改斋漫录·地理》："李氏集有翰林学士
陈乔作《北苑侍宴赋诗序》曰：'北苑，皇居之胜概也。掩映丹阙，萦回绿波，
珍禽奇兽充其中，修竹茂林森其后。'"

七律一首
戊戌立秋后不日
京城大雨之三

人心天意两回还，夜渡清风入暑关。

衰去炎炎蝉复盛，飞高翙翙雁当娴。

阴阳翻覆沧桑季，绿紫兴亡烂漫山。

欲画残红无好墨，秋声万里看云湾。

二〇一八年八月十八日

七律一首
戊戌早秋重读《上帝与新物理学》^① 有新悟兼自嘲

谁问飘身又几年，居家穷海打渔边。

云烟远去耽清隐，颜色羞夸胜野悬。

人命一尘过广宇，文心半卷入空玄。

回头归路行不得，满目星河走碧天。

二〇一八年八月二十日

---

① 《上帝与新物理学》，2012年2月1日湖南科技出版社出版发行，作者戴维斯。本书系统地介绍了新物理学对于宇宙的创生和终结，时间、生命的本质，灵魂，自我，自由意志，决定论等问题的研究进展。

七律一首
戊戌早秋重读《上帝与新物理学》有新悟兼自嘲之二

可笑痴愚到永天，仍从管蠡识穿渊。

高心宇外谁推拨，微状隅中孰解旋。

物我有无归演测，时空存灭算膨延。

掷书再哂今生了，且看流星下客廛。

二〇一八年八月二十三日

升虚邑诗存又续编

七律一首　戊戌早秋海口闲咏

海岛云霞映晚晴，
荔风椰浪入遥睛。
秋行儋耳红犹炽，
暑盛琼崖热尚征。
书读满墙当始遇，
诗吟一甲认深惊。
白头不用高明弃，
自放天涯乱草莺。

二〇一八年八月三十日

七律一首 戊戌早秋海口闲咏之二

日来渐惯岛滩居，

地老天荒看鸟鱼。

盛治因知巢父①远，

广游始信荷蓧余。

蓬头趁雨兰椒馥，

赤足迎鸥贝砾虚。

云卷鹭翔潮正好，

放心何处不如书。

二〇一八年八月三十一日

---

① 巢父，传说中的高士，因筑巢而居，人称巢父。尧以天下让之，不受，隐居放牧了此一生。

七律一首
无书读读《皇帝新脑》^①不通
却浮想联翩有大快意焉

欲将 AI^② 等神兵，天地时间两相轻。

物我有层生巨障，机心无路破重城。

粒波二性终玄幻，是否双难苦晦明。

算法何年通创世，光飞弦跃任吾行。

二〇一八年九月二日

---

① 《皇帝新脑》，2007 年湖南科技出版社出版发行的图书，作者彭罗斯。本书从探究 AI（即人工智能）研究的可能性出发，力图解答人类最大的谜题：人脑如何工作的？思想是否来源于算法？该书对电脑科学、数学、物理学、宇宙学、神经和精神科学以及哲学进行了广泛和深入浅出的讨论，重新阐述了相对论和量子理论，体现了作者向哲学上最大问题——"精神—身体关系"挑战的大无畏精神。作者并提出了他对现代物理及人工智能突破物质—精神层级障碍实现算法一统天下从而使人自己成为自己的上帝的新看法，令人震惊。

② AI，即人工智能。

七律一首
居澄迈湾^①渐觉风凉原来秋时已至海南亦有秋天一大乐也

万绿丛中几叶黄，秋声何用过南洋。

宁非西子钗头戏，疑是杨妃额上妆。

花下点金堆艳色，溪间漂赭溢清香。

诗余复觉新风惬，澄迈湾前坐晚凉。

二〇一八年九月四日

---

① 澄迈湾位于澄迈县北部海湾，湾口西起澄迈县的玉包港，东至海口市的天尾角，海湾面积约 125 平方公里。

七律一首
读《皇帝新脑》渐有走火入魔之势有纪

谁向无垠注远瞳，宙延宇阔一眸穷。

此身以外唯空殒，我命之余剩热冲。

人脑复为胡者野？机心怎入那神宫？

蟪蛄不识春秋业①，长令生生哭未通。

二〇一八年九月七日

---

① 《庄子·逍遥游》云："朝菌不知晦朔，蟪蛄不知春秋。"

七律一首
戊戌中秋节前回京思不日又将别去有歌

欲随明月去天涯，又坐秋风对菊葩。

红叶在心魂不系，青山伴水客为家。

井中经历诗言史，梦里思存蝶恋花。

此栈淹留无他故，好行野淖看飞鸦①。

二○一八年九月二十五日

---

① 京北延庆有野鸭湖湿地公园，去岁深秋曾一游，有野趣，思再游，故言。

七律一首 哭廖君

　　廖西岚君，军旅作家，余年轻时文友也，一见如故，有会心处，引为兄长，后因事渐离文坛，亦渐离文坛之友，数十年始得于一意外之地见之，复暌离，一别十年，前日忽听其死讯，已逾年矣，思之有余悲，为之一哭。

惊闻死讯已吞声，往事汹汹到眼明。

少岁初逢知命近，壮年遽隔悟心贞。

江湖相望终难望，咫尺思迎竟不迎。

此去泉台回梦否，一颦一笑有余情。

二〇一八年十月二日

七律一首
戊戌深秋赏菊花
有快意焉

花自飘零水自流，一年归去又逢秋。

青山长望金溶紫，大野荒吹庋转幽。

《易》语履霜冰已渐①，人思踏雪菊先酬。

梅风兰韵何须待，久立东篱看未休。

二〇一八年十月九日

---

① 《易经·坤》卦辞云："初六，履霜，坚冰至。"

七律一首　戊戌深秋燕山北望

栌韵枫姿一岁酬，太平何故不登楼。

孤身杯酒思高雁，衰草荒榛望野洲。

霜下雄关寒夕照，云横古塞蔽皇丘。

神州无事边声好，万里烽台入晚秋。

二〇一八年十月十二日

七律一首　戊戌深秋登居庸关

日照雄关杀气周，敌楼独上又逢愁。

千年霜色来天地，万里胡风下峪丘。

大国小鲜应慎治，东夷西狄用强筹。

坛坛罐罐何须累，亘古中华有素秋。

二〇一八年十月二十四日

七律一首　戊戌秋尽走京郊有歌

残山剩水看飘黄，今日无心谋稻粱。

大块情怀胜班马，流光笔墨下钟王。

谁问风流识绵绣，何堪狷介恨文章。

无边落叶秋声里，又共长天醉一场。

二○一八年十一月三日

七律一首
老山战友周全发来三十四年前战场照片并感时

  余老山战友周全，三十四年前任参战部队某连指导员，与余相遇并相识于老山战场之八里河东山。三十四年后，几经周转，打听到余之电话地址，将一幅与余在前沿猫耳洞里照片发来，观之感慨，又睹时闻，成诗一首。

卅年无事惯春晖，一旦胡氛起四围。

漠北草枯狼种乱，海西食尽虏蹄飞。

轮台看踏千川雪，碎叶听容百战归。

与尔同歌将进酒，沙场并死血凝衣！

二〇一八年十二月十五日

七律一首
老山战友发来三十四年前
战场照片并感时之二

汗青万卷问沧桑，和战安容我思量。

定海烟销千邑破，南京血尽百年殇。

已知夷性同豺虎，早信天心佑勇刚。

地坼山崩何尔惧，哀兵再出胜仇王。

二〇一八年十二月十七日

七律一首
老山战友发来三十四年前
战场照片并感时之三

日来边事未堪亲，又望嚣嚣起远尘。

血肉长城千代史，剑戈重塞万尸身。

文山屠死哀诗壮 ①，去病凋伤正气新 ②。

西域曾为不汉地，雄王一怒入甘秦。

二〇一八年十二月十八日

---

① 文山，即文天祥。哀诗，指其抗元被俘，誓死不降，在大都囚室写下的《正气歌》。

② 汉代名将霍去病元狩六年（公元前 117 年）病逝时年仅 24 岁（虚岁），不但为大汉建树了不世之功，还留下了一句话，令世世代代的中国军人闻之气壮，这句话是："匈奴未灭，何以家为？"

七律一首
老山战友发来三十四年前
战场照片并感时之四

白头已忘昔年勋，孰使衰身气干云。

少岁不羞应敌死，老心难忍畏仇氛。

喑呜瀚海从飞将，叱咤穹庐在劲军。

自古神州征战地，风烟燃尽见春欣。

二〇一八年十二月十九日

七律一首　己亥年除夕巧遇立春

一夕东风过海初，盈门佳气满云庐。

眉前滴翠天边草，楹上题红世外书。

难为太平伤逝水，乐从鸥鹭看归渔。

白头始解尧时好，又伴繁星醉梦居。

二〇一九年二月四日，己亥年除夕之夜

七律一首
一九七九年二月十七日边关之战
打响四十周年有怀

莫笑年年忆此时，一生音画一生思。

曾乘死地矜家国，久历悲怀有赋诗。

少小敢轻三别①怨，青春未辱玉关词②。

白头回望烽烟路，依旧兵心满目滋。

二〇一九年二月十七日

---

① 指杜甫诗"三吏三别"。

② 唐·王昌龄有诗《从军行》云："青海长云暗雪山，孤城遥望玉门关。黄沙百战穿金甲，不破楼兰终不还。"

七律一首　己亥年正月十八日纪思

南荒长住未思哀，兰紫梅红次第催。

沧海难为曾渡水，巫山忘却几经台。

潮生鹤鹭新知语，星坠儿童旧识猜。

欲问君家何处有，赤霞散去白云回。

二〇一九年二月二十二日

七律一首
己亥年正月十九日晨闻鸡鸣
醒又未醒有诗醒后录以存之
可为他日一笑

远岛鸡鸣破晓征，沉沉残梦待分明。

心猿意马从头路，秋水春山往世觥。

回首故村余落叶，再瞻前圃有初惊。

醒思未扫迷蒙界，听得乌啼一两声。

二〇一九年二月二十三日

诗

137

七律一首　己亥早春二月回京感梅

渐惯天边看紫枝，复临旧户候春时。

芽萌塞渚思寒尽，苞绽关山信雁迟。

脂蜡小黄先柳汛，香泥新暖遗^①冰知。

读书谁羡江南老，又与罗浮共妙期。

二〇一九年三月九日

---

① 遗，wei 去声。

七律一首
己亥春日京郊闲游遇
废宫一座有思

谁携诗意到荒城，赋得桃花别样明。

古殿柳丝浮池苑，离宫榛蔓没山甍。

主人一去从蒿瓦，雏燕双飞唤草楹。

班马何须书往史，漫撄春色已伤情。

二○一九年四月六日

诗   139

七律一首
己亥春日京郊闲游遇
废宫一座有思之二

杂花生树燕初回，好景一年去复来。

碧水湖开双镜柳，清风人上九天台。

江南谁共怜红雨，塞下今行看锦堆。

老去最夸春步好，桃夭漫颂却倾杯。

二〇一九年四月六日

七律一首
己亥梅月再至北戴河恰逢
蝟实大放晨有异梦

蔽日遮天满院光，薰风好过海山堂。
脂堆粉秀冲香烈，蜂起潮骚猎艳狂。
碣石歌诗离世远，沧溟波涌看帆长。
晨来忽梦君心去，误入繁华一段乡。

二〇一九年五月二十二日

七律一首
己亥梅月十有八日浅水湾栈桥
晚眺北戴河但见墨痕一线

登临何用上蒿薆，满眼烟波薄暮晴。

亭树有心潮后静，浪涛无意月前平。

秦皇趾迹余荒岬，魏武歌台渡草萤。

谁共远人思未得，茕然鹤立望遥城。

二〇一九年五月二十三日

七律一首
己亥端午前一日与
婺源篁岭遇

　　二〇一九年六月三日至六月八日参加首届品鉴赣鄱中国作家江西行活动，七日逢端午节，六日到婺源篁岭，有诗。

又锁丛山第几城，武夷旧梦入云轻。

桃源有味村烟近，彭泽留香竹影明。

闲话渔樵周孔事，坐惊松鸟陆王声。

江西半是神仙地，久品岩茶眺晚晴。

二〇一九年六月七日

七律一首
己亥夏日过三清山
逢大雾

二〇一九年六月三日至六月八日参加首届品鉴赣鄱中国作家江西行活动，七日登三清山，大雾。

画事诗情两未驰，放心直上烂柯墀。

葛洪道印从云见，李耳风流望海知。

杖拍泉根音尚在，花生雾野洞成疑。

赤松弟子如何了，当日曾赢信手棋。

二〇一九年六月八日

七律一首
看路奇导演微信知《血盟千年》①
开机之日可望为之诗

图画苍茫意未阑，千秋竟自一心安。

掷书浩叹桃源梦，揾泪长歌酉水澜。

铜柱②斑斑先儒血，故宫历历古贤滩。

土家旧史谁能尽，又与渔樵作笑弹。

二〇一九年七月十七日

---

① 《血盟千年》是由本书作者编剧、路奇执导，孟凡耀先生总制片，
经超、沈梦辰领衔主演，刘晓庆、潘虹、刘佳、于明加、李洪涛、余皑磊、
公磊、张铎、郑晓宁、黑子、刘亚津等主演的古装历史剧。该剧以五代十国
时期的"溪州大战""溪州立柱盟约"等历史事件为背景，讲述了土家先贤
彭士愁奠定湘西800年各民族大团结的历史故事。该剧2019年10月开机，
2020年制作完成。

② 即溪州铜柱，位于湖南省永顺县芙蓉镇，因这一带古时候叫下溪州，
所以铜柱名曰"溪州铜柱"。建造于后晋天福五年（公元940年），是当
年土家族先贤彭士愁和南楚王马希范缔结各民族永久团结的历史证物。

七律一首
贺《小说月报》创刊
四十年并书

曾占东风第一枝，繁华卌载自春时。

领弦激韵杨雄赋，变雅新骚李贺诗。

青眼难加鹦鹉舌，好声独向凤凰皮 [1]。

文章盛事寻常尔，大业犹期百岁奇。

二〇一九年九月二十五日

---

[1] 唐·元稹有《寄赠薛涛》诗："言语巧偷鹦鹉舌，文章分得凤凰毛。"用其意，凤凰皮即凤凰毛。

七律一首　谒伟人庄

二〇一九年十月二十一日参加中国作家协会"到人民中去"活动到韶山，与同人参观伟人旧居，见蓬牖茅椽绳床瓦灶依旧，忆百年来激荡风雷，颠倒乾坤，然亦有剧痛存焉，思之有大悲。成诗一首。

几度秋风过故关，男儿一去未回还。
旧村长绿塘前柳，残梦应通醒后山。
能缚八荒任叱咤，可存寸痛对家湾。
乡园漫卷红旗地，说与高情泪亦潸。

二〇一九年十月二十一日

七律一首
韶山听杨开慧遗书藏壁事

卿卿一别死生间，敢付鸿音入壁关。

此命已从君命去，好声留待妙声还。

他年莺燕堂前语，旧日音容泪后颜。

谁使我身生比翼，乘风飞去万重山。

二〇一九年十月二十二日

七律一首　登北高峰望杭州秋色

昨夜金飔出朔方，江南形势入青黄。

越篁滴翠山阴雨，吴栌升红建业霜。

谢傅东山歌散未，右军曲水酒成亡①。

剡溪倘使能飞雪，访戴②何辞走一场。

二〇一九年十月二十八日

---

① 亡，这里作无讲。

② 南朝宋·刘义庆《世说新语·任诞》云："王子猷（王徽之）居山阴，夜大雪，眠觉，开室命酌酒。四望皎然，因起彷徨，咏左思《招隐诗》，忽忆戴安道（戴逵）。时戴在剡，即便夜乘小船就之。经宿方至，造门不前而返。人问其故，王曰：'吾本乘兴而行，兴尽而返，何必见戴？'"

七律一首
过鼓浪屿看崖壁勒石累累亦前人之迹也
思今人不见古人当初刻石者
亦有思于后人耶为之诗

块石几曾荐史论，波光浪影出云门。

江天尾泄归奇草，海角巉岩焕古存。

画字当松歌有迹，植亭待月思无痕。

人生易老情难老，阅遍遗篇日已昏。

二〇一九年十一月八日

七律一首　深夜看帖有疯癫意

究竟千秋重二王 [①]，颠张醉素 [②] 小儿郎。

浅尝滋味苏黄蔡 [③]，略识规绳米赵杨 [④]。

徐渭 [⑤] 猖狂迁病体，唐寅 [⑥] 狼狈野人肠。

钟繇 [⑦] 不死当嗟叹，书到鹅池 [⑧] 入大荒。

二〇一九年十一月十二日

---

① 二王，即王羲之、王献之父子。

② 唐代张旭是一位极有个性的草书大家，常喝得大醉，呼叫狂走，然后落笔成书，甚至以头发蘸墨书写，故有"张颠"之称。后怀素继承和发展了其笔法，也以草书得名，并称"颠张醉素"（或"颠张狂素"）。

③ 指宋代书法家苏轼、黄庭坚、蔡襄。

④ 指宋、元、五代书法家米芾、赵孟頫和杨凝式。

⑤ 徐渭，明代书法家。

⑥ 唐寅，明代书法家。

⑦ 钟繇，三国时魏国重臣，书法家，对后世书法影响深远。

⑧ 鹅池，相传为晋王羲之养鹅处。在浙江绍兴戒珠寺前。寺，即王羲之旧宅。

七律一首
炳根先生自号茶人王此号不虚也
戏题一首

　　王炳根先生，著名文学评论家，冰心研究会会长，冰心文学馆馆长，福建省作家协会副主席，中国博物馆学会文学委员会副主任、名人故居委员会副主任。一级作家。吾兄长视之友也。尤擅茶道，自号茶人王，屡次同作岭南游，时得尝武夷山岩茶，仙品也，茶王也，不能无诗。

　　不识蓬瀛路几穹，先迎紫气下凡宫。

　　仙家洗盏惊寰宇，道座升王上霓虹。

　　一品神魂驰大义，十杯天地畅和风。

　　孔家书读三千卷，未若先生茶一盅。

二〇一九年十一月十八日

七律一首　北京己亥小雪后一日

茫茫肃气扫林空，烈烈残黄下碧穹。

松柏犹青神已黯，兰梅未紫忆先中。

四时应节人堪老，百代如流虎难工。

日暮强思临绝立，阑干拍遍《大江东》①。

二〇一九年十一月二十三日

---

① 即《念奴娇》，词牌名，因苏轼《念奴娇·赤壁怀古》首句"大江东去"
而又有此名。

七律一首　又感时

一夜冰风冷苦枝，

梦惊燧警上烽茨。

长缨浩气凭寒问，

大漠孤烟对雪思。

目下残云咸海草，

楼头落叶玉门词。

日来不探梅音讯，

坐看南方走岛魑。

二〇一九年十二月五日

七律一首
庚子早春举国大疫

国难宁因一毒成，

苍苍之面见狰狞。

未知五岭皆刍狗，

难阻三河遍泪氓。

吉德不从凶德备，

生门无劝死门迎。

无言可对诸君子，

不恨生生恨病行。

二〇二〇年一月二十七日

七律一首
庚子早春举国大疫之二

命在凶年第几思，

千家哀哭动歌诗。

鬼肠已就新亡饱，

魅焰仍从待死驰。

万里封村余野望，

十方战鼓树征旗。

春风未识人间事，

依旧殷勤拂柳枝。

二〇二〇年二月五日

升虚邑诗存又续编

七律一首
庚子早春举国大疫之三
兼记京城连日大雪

敢问苍苍意若何，

连翩瑞玉降重疴。

茫茫霰散遮眸尽，

漫漫翎飞下痛多。

日望长河春易色，

夜听大野鬼难歌。

天心厌祸从来急，

好待惊雷起偃波。

二〇二〇年二月六日

七律一首　疫中江城可忆多

　　江城武汉，十年曾住。朝飞暮卷，雨丝风片，亦有情焉。己亥腊尽难起，庚子春风枉渡。虽忆往昔，但知悲哀。

　　　　樱蕊棠风下紫萝，荆山新暖碧重柯。

　　　　莺弦鹭浦红前雨，燕管梅台粉下河。

　　　　帝子烟波孤棹远，周王鹤渡白云峨①。

　　　　披香殿有兰成在，不赋春衫赋渌波②。

　　　　　　　　　　　二○二○年二月十四日

---

　　①　帝子，指尧的两个女儿娥皇、女英。另，传说汉江边有周昭王过汉水淹死处，称为周王渡。

　　②　披香殿，汉宫殿名。庾信《哀江南赋》云："王子滨洛之岁，兰成射策之年。"唐·陆龟蒙《小名录》云："庾信幼而俊迈，聪敏绝伦，有天竺僧呼信为兰成，因以为小字。"庾信《春赋》云："宜春苑中春已归，披香殿里作春衣。新年鸟声千种啭，二月杨花满路飞。河阳一县并是花，金谷从来满园树。一丛香草足碍人，数尺游丝即横路。开上林而竞入，拥河桥而争渡。"

七律一首
庚子早春举国大疫之四

蛰醒长听好雨侵，

薄凉破晓入轻衾。

樱魂久闭红应重，

柳眼初开绿当阴。

谔谔方兴讨罪檄，

苍苍可悯待甦吟。

幸闻疫患新添少，

已令春回惫极心。

二〇二〇年三月八日

诗 159

七律一首　疫中江城可忆多之二

黄鹤楼前瑞草鲜，题诗崔颢梦犹妍。

八方财货通湖广，九省风华领晋燕。

衕巷万家矜楚语，鸥帆三月下吴天。

琴台^①最是行不得，流水高山相见怜。

二〇二〇年三月十四日

---

① 琴台，又名俞伯牙台，始建于北宋，位于湖北省武汉市汉阳区龟山西脚下的月湖之滨，是中国音乐文化古迹，与黄鹤楼、晴川阁并称武汉三大名胜，有"天下知音第一台"之称。据《吕氏春秋》《列子》等记载，春秋战国时期俞伯牙于该处偶遇钟子期，弹奏一曲《高山流水》，伯牙视子期为知音，并相约一年后重临此地。不料，一年后伯牙依约回来，却得知子期已经病故，伯牙悲痛之余，从此不复鼓琴，史称"伯牙绝弦"。

七律一首　疫中江城可忆多之三

玉笛吹残三月新，梅花落尽碧江春。

孟君疏阔思天际，太白豪雄望帝津^①。

诗酒相逢千古迹，风华又别一帆尘。

楼前黄鹤矶边草，曾见烟波送故人。

二〇二〇年三月十七日

---

① 语出李白诗《黄鹤楼送孟浩然之广陵》，诗云："故人西辞黄鹤楼，烟花三月下扬州。孤帆远影碧空尽，唯见长江天际流。"

诗　　　　　　　　　　　　　　　　161

七律一首　庚子有感

读书万卷复如何，

一执空坚说恨多。

白鹿有同皆正大，

鹅湖我异尽瘝魔。

小知噪噪天无语，

大运汤汤命不歌。

五柳先生归去日，

余年唯识盻庭柯^①。

二〇二〇年三月二十三日

---

① 语出陶潜《归去来兮辞并序》，辞云："引壶觞以自酌，盻庭柯以怡颜。"

七律一首　庚子有感之二

蠡测鸮窥事事荒，
高情叵耐盛心伤。
移文孔珪千辞足，
割席华歆一语长。
孤节当吟归钓约，
大言应愧出师章。
胡笳诉尽南来恨，
蔡琰声声未断肠。

二〇二〇年三月二十二日

七律一首　庚子夏至

时在海南。苦大热。值京城疫情复起，归去不能。久不思诗矣，为之一唱。

琼岛浮光看几岑，天涯坐望易兴心。

潮平倦作梁园赋，酒冷羞听蜀地吟。

万国纷忧云水思，一年惆怅物华侵。

待言北去成无语，雨后新花又出林。

二〇二〇年六月二十二日

七律一首　庚子端午

日日彤云入眼眸，

瀛州一渡雨风稠。

阮郎已认蓬山侣，

青鸟看同蜃浪俦。

轻许蕉阴遮旧面，

哪逃天末对新忧。

故园多难今年事，

都共惊雷到案头。

二〇二〇年六月二十六日

七律一首　阶前新花又放兼自嘲

海外新花入梦香，人间烟火半思量。

神魔有辨神宁语，天地不言天未炀。

箕踞倦思三赋草，慵疏罢扫五车床。

长安一去无风雨，聊共流萤话短长。

二〇二〇年七月十日

七律一首
九月二十一日北戴河
浅水湾栈桥北望

步步斑斓入远眸，灾魃叵耐一年秋。

嚣嚣听尽花犹艳，累累看穷果已羞。

世事难堪庚子岁，人心可用雨风舟。

榆关北望山河在，万紫千红满敌楼。

二○二○年九月二十二日

七律一首
庚子国庆中秋双节
北戴河远望

秋色无边入画图，海村山郭尽橙朱。

人生不羡芳华老，天意何惜日月孚。

广野思亲霜岫小，大荒问史岛城孤。

白头偏喜金风劲，处处登临看苇凫。

二〇二〇年十月五日

七律一首　采　柿

三径耕锄学未名，蟹黄稻白又秋声。

今生不耐凌高客，余事惟知坐蠹城。

分叶升空一晌爽，裂枝擘果几番惊。

算来收获真累累，快意翻成采柿行。

二〇二〇年十月六日

七律一首　又读史料一则

书生一死宁堪称，就古泥今造怨惩。

贾谊矜骄成远谪，吕端谨慎入英能。

雄才勋业千秋眼，文庙^①言辞万代缯。

高祖罪功谁识得，纷纷徒使乱青乘。

二○二○年十二月二十一日

---

① 文庙，即纪念以孔子为代表的儒学先圣先贤的庙宇，这里指孔子。

七律一首
庚子晚秋坐北戴河浅水湾凉亭下
未就冬至后一日补成

妙笔元知绘事艰，一枝一叶见秋山。

生机尤自残阳渡，寒露先临重彩关。

塞上风光仍砥砺，中原气象定斑斓。

此时不读伤怀赋，坐爱响晴万顷湾。

二〇二〇年十二月二十二日

诗

七律一首　识　花

异草奇花漫相留，琼州数岁不胜游。

屈平天问辞空尽，宋玉秋悲辩罔遒。

绿满四时晴复雨，红盈二气驻还流。

有情思忍终难事，困眼环睁认未休。

二〇二〇年十二月二十四日

七律四首　辛丑夏北戴河纪事

一

击涌踩波半日轻，此情可待他年鸣。

礁潮无岸平荒草，岛市有光入幻城。

六十尘烟鱼意老，三千浪迹羽心惊。

曹瞒履处盘桓罢，谁共乌云话雨生。

二

暑深雨重可怜天，细数尘烟第几年。

海上霓虹升蜃市，人间谈笑入茶廛。

卜成九策伤前史，画就三边感故贤。

苦夏又书千古事，红颜无路到云泉。

三

曾问蓬莱几度秋，云山欲觅又登楼。

塞城燕雨天边阵，沧海鲸风岛外洲。

大气长从星野下，旷心羞自鹤鸣收。

渔樵闲话书生事，依旧兵车入梦稠。

四

寻章摘句老天涯，爱立潮间看晚霞。

水接彤云空远羽，湾多嘉树暗奇葩。

渐知韩贽不能酒，尚喜韦贤可胜茶^①。

意马心猿收拾了，月明来照海滩沙。

二〇二一年七月八日—二十四日

---

① 韩贽，宋人；韦贤，西汉人，年七十均以老病辞官。作者年不及
七十，亦近之，以二人自喻。

七律一首
辛丑夏北戴河读网文有记

每晒斯文自品夸，孰为龙虺孰为蛇。

扶摇云上知鱼鸟，腾跃蓬丛认鹊鸦。

宁向人间寻净土，徒闻世外落桃花。

陈吴谁道通经史，叱咤三呼起汉家。

二〇二一年七月二十一日

七律一首
辛丑夏北戴河闻家乡多地雨灾并受上游洪水夜有极伤心之梦

煌言夸语不关情，万姓仓皇在草荆。

云上江河归远水，人间号泣出亲声。

故园难信成洋荡，新泽方书竟死名。

长夜久听檐外雨，梦随心痛到遥茔。

二〇二一年七月二十六日

七律一首　辛丑初秋北戴河遇雨

荒椒野果满园栽，夏紫春红安在哉。

亦臭亦馨窗外草，不耕不种菜间苔。

醉时山月浮云走，梦里天潮骑浪来。

昨夜因逢雷震雨，紫薇树下看几回。

二〇二一年八月十七日

七律一首
辛丑深秋帝京居处满目金黄
夜登高晨起有寄

秋色斑斓到我堂，枫红栌紫出莽苍。

北辰星望天吞野，南极夜流气蔽霜。

衰鬓漫从临水赤，壮怀空许履山黄。

年华一度何堪忆，千载歌吟羡宋郎①。

二○二一年十月二十九日

---

① 宋玉《九辩》诗云："悲哉秋之为气也，萧瑟兮草木摇落而变衰。"

七律一首
辛丑深秋帝京居处满目金黄
夜登高晨起有寄之二

叠红堆紫百年秋，最喜风情上白头。

万劫菩提归此目，一腔云啸任长喉。

繁华何愧春难尽，零落宁为舞不收。

老去谁言攻读乐，看从逝水纵扁舟。

二〇二一年十月三十日

七律三首
辛丑岁尾海淀白堆子十二重楼南眺

一

高榻临窗日月东，玉潭寒重鹊林空。

入云雄宅钓台右，破忆往思望目中。

难向枯荒哀节鼓，谁怜冷落伴冰风。

人移物换从来事，明岁春花又不同。

二

历海经山又一秋，雾轻气暖再乘楼。

盼春心事拊云缈，访戴梦魂破晓收。

立绝犹思钓雪岸，临危久问探梅丘。

年年此日听嗟叹，不见灞桥柳线柔。

三

日暖重城冷未裁，等闲识得钓鱼台。

龙楼隐现林光里，帝阙曲连岛影回。

大块独高太液柳，汗青偏厚圣王才。

古今治乱凭谁问，见惯宫梅雪下开。

二〇二一年十二月八日—十一日

七律一首
辛丑岁尾晨起车过金水桥

崇门气象破云开，明帝清宗宁在哉。

吊客斑斑矜故史，巨轮辘辘起惊雷。

秦王合纵轻名马，汉武经营命壮才。

葱岭曾移皇苑树，春风初过锦成堆。

二〇二一年十二月十九日

七律一首　壬寅春节习字自嘲

辛丑岁尾，查出颈椎有事需待机手术。不能写作，习草自娱，不能无自嘲之乐，留诗为证。

腊尽攻书渐入狂，颠张醉素任思量。

籀芝神授称先马，羲献天成立永光。

米蔡苏黄时变体，文徐鲜祝自开疆。

又从大令知三字，吼叫声声出梦乡。

二〇二二年一月二十三日

七律一首
壬寅正月海口久阴不晴十二日
阳光大好满眼新绿不能无诗

春到波涛十万程，天涯处处感新生。

红开紫落寒应去，绿黯青深景已清。

才识读书催发白，渐随流水顾莺鸣。

东坡晚岁方乘海，赦令匆匆又出京。

二〇二二年二月十二日

升虚邑诗存又续编

七律一首　京城连日春晴阳光大好

日日东风绿草蒿，杏花绽蕾海棠旄。

晴空万里排云上，好雨双宵动蛰骚。

笔下草书须瘦断，诗成佳构应清高。

灞桥无用伤春色，岁岁长安醉柳绦。

二○二二年四月二日

七律一首
壬寅三月初二日京城寓所
见山杏一株花开

一夕东君放杏花，谁为灼灼灿其华。

数枝娇色出穹碧，十卷情思说艳奢。

杨玉粉衣新始著，宓妃青眼避还加。

清明时节应多雨，好令诗翁逐巷夸。

二〇二二年四月二日

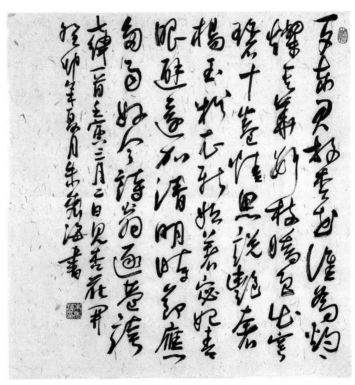

朱秀海书法作品《七律一首　壬寅三月初二日京城寓所见山杏一株花开》

七律一首
小园日日看花不得今日众花渐放

地僻居寒萼放迟，小怜琼魄上新枝。

八荒已识春光满，大野长知馥气吹。

杏白应闻深巷卖，桃红忍待谪人知。

流风莫起胡旋意，舞乱芳菲烂漫姿。

二〇二二年四月四日

升虚邑诗存又续编

七律一首　小园众花大放

群芳竞放我心佳，
岁岁春神送锦堆。
人世难逢开口笑，
天公乐遣喜眉回。
红盈晏径夭夭树，
香满桃源滟滟台。
不叹繁华容易逝，
东风再度好倾杯。

二〇二二年四月九日

七律三首
壬寅夏月为绍兴市第六届"清白泉·兰亭杯"全国大中小学生廉洁文化书法创作大赛优秀作品展赋诗三首并书其一首

一

不爱佳人不爱钱，当官何患误翩翩。

一方美物空为玉，十里名花任可怜。

持洁日乘凌阵马，守廉冷对嗄喉弦。

清风两袖真高士，留与汗青作妙传。

升虚邑诗存又续编

二

劝君气短莫当官，上位宜从待罪观。

杨玉初成羞相遇，石崇有树笑承欢。

温柔榻软摄魂暖，富贵乡深吮血寒。

天网恢恢不尔漏，又扁巨虎过囚滩。

三

长诮公门盛罪愆，满衙显宦半囚编。

华堂侃侃空廉誓，滥脏滔滔只聚填。

狱外贿奸夸好脊，镜中狐魅炫新怜。

已知泪洒虎牢里，一恨红妆二恨钱。

二〇二二年七月八日—十日

七律一首　有感

东海波涛满大鱼，
杨雄恨读五车书。
新亭景物堪垂泪，
稷下颜眉自唾裾。
百万义师齐贯甲，
八千弟子待犁滁。
此时不信《南风》意，
万里长城合作墟。

二〇二二年八月三日

升虚邑诗存又续编

七律一首
网上看一群为富不仁者互为墓志铭
极荒陋自为风雅大奇之

早识陶朱不读经，孔方耻入蠹鱼图。

谪仙无禄因辞险，工部长穷枉韵霆。

落魄雄才能载酒，生花妙笔足题青。

石王斗富称荒陋，何若今豪互墓铭。

二〇二二年八月十六日

七律一首
壬寅中秋兼怀嫦娥

冷雨晴风入半秋，

广寒寂寞又乘楼。

思归意象来遥巘，

怨别襟怀出故筹。

白露节临芳桂落，

蟾宫梦醒月华流。

可怜岁岁团圞夜，

犹恨飞升不胜羞。

二〇二二年九月十日

七律一首
壬寅深秋走京西永定河
见园博园秋色

浩荡金声入景深，蝉风驻后叶风沉。

新黄未惜长门瓦，冷落曾临雁塞心。

当日徘徊无定岸，他年梦寐荻花簪。

夕阳垂柳看归去，羞说重寒透广襟。

二〇二二年十月十三日

七律一首　壬寅小雪

天心地物待时惊，

白首听吹不胜鸣。

万籁飘余随序灭，

一冬寒事借冰盈。

繁华意象归梅雪，

萧杀情怀上汉筝。

浩气可同人共老，

高飞大举下神京。

二〇二二年十一月二十二日，二十三日校

七律一首　海南遇炮仗花开

长遣春神下玉台，

青君不使思成灰。

红梅紫槿未堪赏，

奇粉妖娃恣意开。

枝上碧穿龙作友，

瓣呈爆竹彩成堆。

佳人白首好相顾，

此物升云或化雷。

二〇二三年二月二日

绝

五绝一首
春又至杏邻一日大放
何迟也口占

芳菲天外遍，繁蕊眼前彤。

梦醒东风后，春山又几重?

二〇一六年三月二十五日

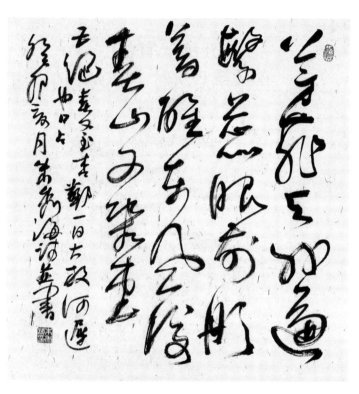

朱秀海书法作品《五绝一首　春又至杏邻一日大放何迟也口占》

五绝一首
海南探花口占

好景不常在，

新花不复妍。

且将相思意，

付与眼前鲜。

二〇二三年一月二十五日

七绝二首
丙申初夏走天山适逢数日前
大雪方霁口占

二〇一六年五月，受好友之邀，有北疆之行，走天山，看疏勒城故地，诵汉唐边塞诗，一时壮怀激烈。

一

脱去戎衣换缊袍，天山北路步云涛。

前身血战轮台否，未弹《阳关》①意已高。

二

老去勾栏务仄平，天山谁令识纵横。

少年不并嫖姚②战，可恨今生在汉营。

二〇一六年五月二十日

---

① 《阳关》，即《阳关三叠》，古出塞曲。

② 嫖姚，即霍去病，霍曾为剽姚校尉，剽姚又作票姚、嫖姚。史称霍嫖姚。

七绝一首
丙申夏于天山下见海棠初开有思焉

初绽一枝但觉寒，

天山冰雪正阑干。

军前唯有《折杨柳》^①，

谁付横吹曲^②里看。

二〇一六年五月二十一日

---

① 《折杨柳》，古横吹曲名。

② 横吹曲，汉唐马上演奏的军乐。

七绝二首
丙申夏游走北疆至疏勒故城遗址
听谈汉耿恭守疏勒故事有怀并记

二〇一六年五月二十三日，在新疆奇台境内寻觅古疏勒城遗址。正值考古人员探挖旧城。旧城唯余荒草，但当年汉耿恭守疏勒城的英雄功业仍彪炳史书，在当地流传，几乎妇孺皆知，读之令人敬仰，当永垂不朽。耿恭当年万里外绝悬孤城，在匈奴数百倍于我之敌反复围攻下，一支数百人孤军坚持战至最后二十六人，凿山为井，马革为食，不降不退，誓死如归，直到二百天后援军来至。千秋功业，气壮山河，闻之不觉涕下沾衣。由此又知西域乃我大中华数千年死战得存之西域也。为之诗。

一

天山北望草粘天，麦海花风万亩田。

死战存吾疏勒地，此生不向洛阳川。

二

生必不思入玉关，死何须重裹尸还。

长知马革同粮用，留与匈奴战雪山。

二〇一六年五月二十四日

升虚邑诗存又续编

七绝三首 喀纳斯竹枝词

二〇一六年五月二十八日有喀纳斯之行，成诗三首。

高山牧场

白头雪岭不知年，水美花盈草满川。

牛马毡房沙漠外，仙城始信在西天。

布尔津河①

光密林深眩影摇，百旋一线下重霄。

意长谁似布河水，敢向北洋问碧潮。

喀纳斯湖

雪峰倒映日光长，寒气弥空沙枣香。

天赐一池如镜水，好教西母看周王②。

二〇一六年五月二十八日

---

① 布尔津河，源自友谊峰，自北向南纵贯北疆布尔津县，在布尔津镇西汇入额尔齐斯河，北流入北冰洋。

② 史称周穆王与西王母会于瑶池，故言。

七绝四首　丁酉新年澳洲纪游

二○一七年一月十四日至三十一日，携家人赴澳大利亚悉尼、凯恩斯、阿德莱德作十七日之游，得诗四首。

一

渐觉行来世界宽，天边日日倚阑干。

登临送目文人意，暂付南洋未识滩。

二

域外曾闻满目新，长游暗思始来身。

天涯数百囹圄汉，敢拓蛮荒遍地春①。

三

神洲之外看文明，开物天工各有征。

无涉亡忽兴勃事，也同造化竞英声。

---

①　世传澳大利亚在英国殖民地时期，是英国各种罪犯的流放地，最早来到此地的只有数百人，他们成为澳大利亚的第一批开拓者。

四

纷纷学子赴南洋，初至已闻百草香。

满目蓊葱青天下，并州十载是咸阳。

二〇一七年一月二十五日阿德莱德

七绝一首　野鸭湖秋望

纵目山河尽赤黄，

谁将秋色入时妆。

唯余芦荻花如雪，

霜下风中立晚阳。

二〇一七年十一月五日

升虚邑诗存又续编

七绝一首
丁酉初冬独立小园见残叶未尽 景尚可观戏题一绝

疏枝铁干叶轻黄，

老去还矜盛日妆。

宁是凌云心未已，

一丛一簇上冬阳。

二〇一七年十一月十三日

七绝一首　北戴河晚眺

行遍幽燕意独长，
又临碣石一年霜。
繁华消歇笙歌静，
好教寒山看碧洋。

二○一七年十一月十七日

升虚邑诗存又续编

七绝一首
丁酉冬日寄住北戴河晨兴
走海滨观日出有怀

冷落楼台花影销，东山日出漾晨潮。

游人不识寒来意，长令崖松说后凋。

二〇一七年十一月十八日

诗

七绝三首　北戴河怀古

始皇帝

浪礁长驻意空骚，不见仙光映衮袍。

宇内既平沧淼在，征轮无路过波涛^①。

魏武帝

东临碣石憾思多，星汉无酬壮志何。

沧海知吾歌咏痛，乘风待月起洪波^②。

---

① 据《史记·秦始皇本纪》记载，秦始皇于公元前215年东巡碣石——秦皇岛，并在此拜海，先后派卢生、侯公、韩终等两批方士携童男童女入海求仙，寻求长生不老药。

② 史传建安十二年（公元207年），魏武帝曹操为了消灭袁绍的残余势力，统一北方，亲率大军赴辽西远征乌桓，归途中特意取道今抚宁、昌黎一带，并在昌黎"东临碣石，以观沧海"。吟出了组诗《步出夏门行》（又名《碣石篇》）的第一章《观沧海》。接着，他又吟出了《冬十月》《土不同》《龟虽寿》，记叙了当时碣石山一带的景象，尽情地抒发了自己"老骥伏枥，志在千里"的情怀。一说：碣石山在北戴河外，靠近渤海，汉朝时还在陆上，到六朝时已经沉到渤海里了。曹操登临碣石山，写下了《步出夏门行》组诗。

先圣

大雨幽燕接海遥，渔舟踪迹望中迢。

滔滔白浪当消息，今日天心在石礁。

二〇一七年十一月十九日

七绝一首
丁酉冬日北戴河有怀

山前沧海过桑田，

蜃影仙风入梦弦。

秋菊春花应次第，

诗书高置对云眠。

二〇一七年十一月二十一日

七绝二首　丁酉冬日北戴河遐思

一

望海楼头望海天，岸边灯火下渔船。

春花不胜冬林雪，大写雄关又一年。

二

幽燕慷慨侠歌哀，又上冬崖看海回。

渔号一声肠已断，壮词欲和几人猜。

二〇一七年十一月二十三日

七绝一首
又逢立春有酒无饮口占

空有名醪别样香，

恨无好运入馋肠。

立春岂是无情日，

长沐东风醉一场。

二〇一八年二月四日

　　　　　　　　升虚邑诗存又续编

七绝五首
戊戌新年元日将至
年气袭人喜占

一

春在冰寒节在门，新年乐事问深樽。

家家击壤歌何有 ①，应是尧时舜世村。

二

尘世难逢笑口妍，太平白首一年年。

马牛亦惯生骄态，长卧风和日丽天。

三

也怜杖迹过繁华，纸杏缣桃万树花。

若得春风今夜渡，嫣红姹紫遍天涯。

---

① 《帝王世纪》载：帝尧之世，天下大和，百姓无事。有八九十老人，击壤而歌。其词曰："日出而作，日入而息。凿井而饮，耕田而食。帝力于我何有哉？"

四

花明柳暗盼新春，杏卷桃飞是故人。

李柰应知归棹晚，乱抛粉蝶下芳津。

五

春情犹自似蒿莱，未渡东风心又开。

今日长嘘南郭子①，死灰槁木看花回。

二〇一八年二月十三日、十四日

---

① 语出《庄子·齐物论》：南郭子綦隐机而坐，仰天而嘘，苔焉似丧其耦。颜成子游立侍乎前，曰："何居乎？形固可使如槁木，而心固可使如死灰乎？今之隐机者，非昔之隐机者也？"子綦曰："偃，不亦善乎而问之也！今者吾丧我，汝知之乎？女闻人籁而未闻地籁，女闻地籁而不闻天籁夫！"此处反其意而用之。

七绝二首　除　夕

一

年年柳线问春风，草瘦冰寒一岁穷。

应是明晨旭日好，满城门户著新红。

二

新地新天意气高，今时今日喜升袍。

菱花谁笑人仍健，好看新春第一豪。

二〇一八年二月十五日

七绝一首　戊戌元日

处处门楣照眼明，
今生何问它生情。
千家万户屠苏满，
便是羲皇大道行。

二〇一八年二月十六日

七绝八首　戊戌早春绝句

一

种花久欲赴河阳，为避潘郎①不入乡。
野圃春来无雁信，自图桃杏满青苍。

二

少岁狂心慕子猷，孤帆雪夜任行留②。
剡溪春好吾将老，屐齿年年止嵊州。

---

①　潘郎指西晋潘岳。潘岳年轻时长相俊美、举止优雅，所以得名"潘郎"。泛指为女子所爱慕的男子。后亦以代指貌美的情郎。《世说新语笺疏》下卷上：潘岳妙有姿容，好神情。少时挟弹出洛阳道，妇人遇者，莫不连手共萦之。潘安亦是文章大家，因貌美和才华受掩护，仕途不得意，赋闲十年后被放逐至河阳任县令四年，在那里遍植桃李，让当地成为"一县花"的所在。

②　《世说新语》载：王子猷居山阴。夜大雪，眠觉，开室，命酌酒。四望皎然，因起彷徨，咏左思《招隐》诗。忽忆戴安道，时戴在剡，即便夜乘小船就之。经宿方至，造门不前而返。人问其故，王曰："吾本乘兴而行，兴尽而返，何必见戴？"

诗　　　　　　　　　　　　　　　　　　　　　221

三

名入扬州浮浪籍，波云柳马五亭鸥。

吹台停酒莺声静，船在隋桥晓月西①。

四

山中问道未知蹊，长啸声停意又迷。

夫子不言逃死术，首阳世世有夷齐②。

---

① 语出唐·杜牧诗《遣怀》："落魄江南载酒行，楚腰肠断掌中轻。十年一觉扬州梦，赢得青楼薄幸名。"吹台，扬州瘦西湖著名景点，相传为南朝宋人徐湛之所建。

② 语出《晋书·阮籍传》："（阮）籍尝于苏门山遇孙登，与商略终古及栖神导气之术，登皆不应，籍因长啸而退。至半岭，闻有声若驾凤之音，响乎岩谷，乃登之啸也。"

　　　　　　　　　　升虚邑诗存又续编

五

渔阳鼙鼓动烽烟，盛世梨园正管弦。

杨玉香销丝竹火，江南谁识李龟年①。

六

隋乱江都忆未淹，黄巢又火广陵檐。

军粮不凑民人缚，两足羊车载海盐②。

---

① 李龟年，唐时乐工，善歌，吹筚篥，奏羯鼓，也长于作曲等。作为梨园弟子，多年受到唐玄宗的恩宠，与玄宗的感情非常人能及。安史之乱后流落到江南（此处指唐朝的江南，唐朝的江南在今湖南省；唐朝的江左在今江南地区），每遇良辰美景便演唱几曲，常令听者泫然而泣。某日李龟年唱王维的一首《伊川歌》："清风明月苦相思，荡子从戎十载余。征人去日殷勤嘱，归雁来时数附书。"表达了希望唐玄宗南幸的心愿。唱完后突然昏倒，四天后李龟年苏醒，最终郁郁而死。又杜甫有诗《江南逢李龟年》记其与李龟年在江南相遇："岐王宅里寻常见，崔九堂前几度闻。正是江南好风景，落花时节又逢君。"王维、李端亦曾为之诗。

② 史载：黄巢大军攻破扬州，城中人口死亡十之九，因乏军食，逮活人称"两足羊"，军中相互转卖，当面验活"羊"肥瘠以论价，畏腐败，载海盐于车上，亦令活"羊"引车随军千里转运，至攻入长安，"羊"肉未尽。

七

五百青钱人肉新，千文犬肉况难真。

官家今日初传旨，位下中宫且食人^①。

八

乌衣巷口日轮催，淝水儿郎意未灰。

江东不有家安在，弈籽轻敲错几回^②。

二〇一八年二月十七日至二十五日

---

① 史载：唐末朱全忠与李茂贞各欲挟天子以令诸侯，为争夺皇帝在
凤翔府展开大战。李将昭宗皇帝及皇室禁于城内，形同囚房。朱军无计可
施，于城外重兵长围，粒米不得入城。城中粟尽，食人风大起。行在亦无食，
后妃唯日日以金银宝物换可食之物于外。时人肉价低，斤五百文；狗肉价昂，
斤千文。于是传旨，唯帝后可食狗肉，妃嫔之下皆食人肉。

② 史载：淝水之战捷报传至东晋京城，谢安正与人下棋，见捷报后
接着下棋，不为所动。人问发生了何事，谢轻描淡写地回答："小儿辈大破贼。"
然大喜之情仍有所泄，棋罢一跃而起，过门槛，不觉屐齿已折。

七绝一首　戊戌元宵

家在长安近帝楹，
鱼龙不乱上元城。
寻思庆历鳌山好，
倚月观书到启明。

二〇一八年三月二日

七绝一首　戊戌惊蛰

原来桃眼起惊雷，

一夕东风万靥开。

寄语黄鹂休相负，

好音早上望春台①。

二〇一八年三月五日

---

① 古籍云惊蛰为三候："一候桃始华；二候仓庚（黄鹂）鸣；三候鹰化为鸠。"故言。

七绝一首
北京一冬无雪戊戌早春出京一路冰河荒原 不见绿意至北戴河忽睹晴日下 残雪耀眼不觉大喜

二月燕山不见花，

枯林黄草过天涯。

谁怜知客如春雪，

昨夜狂飞海畔家。

二〇一八年三月八日

七绝一首
三月十六日晚走海口西海岸
戏题

夜游大块哪堪夸，

秉烛行来不问家。

梦里翩翩形忘处，

海光遍照紫薇花。

二〇一八年三月十六日

七绝一首
三月二十四日北戴河感春

春蕾萌枝燕未飞，

柳黄冰解醒鱼稀。

一年最好东风渐，

檐下听莺坐暖晖。

二〇一八年三月二十四日

诗

七绝一首
戊戌早春归京晨见窗外杏君满树繁花大喜
蓦思年内将有长别此时或见
最后一次花开不觉黯然有诗

满树繁华耀砚床，

一枝斜逸入书香。

红颜十载春风侣，

未思离时已断肠。

二〇一八年三月二十九日

七绝三首　观音山绝句

　　二〇一八年四月第三次登临广东东莞樟木头镇观音山国家森林公园，思佛家缘起性空之旨，有新悟也，口占绝句三首，以纪此游。

一

学禅何用问僧王，湖海江天万里光。

树草蓬船皆佛偈，飞花乱落是心香。

二

名山一入百思轻，步步禅心见佛城。

悟到空时色愈燃，色心大悦是空生。

三

花自开时水自流，毁经灭佛到南州。

拈花一笑莲心会，不诵南无是佛俦。

二〇一八年四月二十四日

七绝一首
小住海南晓听户外百鸟齐鸣心甚惬梦却未醒鸟声愈激梦愈深竟至多年未思之境醒来有作

卅载仓皇不解听，

晓来百喙竟惊暝。

好音大起人心壮，

梦上湖山第十亭。

二〇一八年五月四日

　　　　　　　　升虚邑诗存又续编

七绝一首
戊戌初夏北戴河初识蝟实 ①

又到北戴河，杂树生花，不识者众，有余愧焉，岂止蝟实。成诗一首。

身闲处处遇花开，蔷紫玫红次第来。

不识蝟实平生恨，小园长看去还回。

二〇一八年五月十七日

---

① 蝟实，国家三级保护植物。忍冬科，多分枝直立灌木，叶椭圆形至卵状椭圆形，花冠淡红色，5—6月开花，8—9月结果成熟，是一种具有较高观赏价值的花木。

七绝一首
戊戌初夏北戴河
绝句之又

蝟实妖娆锦带 ① 夸，天涯何处不繁华。

此身疑是群芳友，方驻行尘已见花。

二〇一八年五月十九日

---

① 锦带花，灌木，枝叶茂密，花色艳丽，花期可长达连个多月，华北地区主要的早春花灌木。适宜庭院墙隅、湖畔群植。也可在树丛林缘作花篱、丛植、配植。

七绝二首　郑国渠 ①

　　二〇一八年五月二十八日至六月一日，应白描先生邀至陕西泾阳境内郑国渠参访，留绝句二首。

一

百折千回出险渊，稻粱菽麦润潺湲。

苍天若解疲嬴氏，不令汤汤入郑川。

二

从来天意卜难明，大匠名王共此成。

郑国渠成秦亦火，千秋一脉惠田畛。

二〇一八年五月二十九日、三十日

---

　　① 郑国渠是中国古代三大水利工程之一，位于今天的陕西省泾阳县西北 25 公里的泾河北岸。它西引泾水东注洛水，长达 300 余里（灌溉面积号称 4 万顷）。建于秦王政元年（公元前 246 年），其时韩国因惧秦，遂派水工郑国入秦，献策修渠，借此耗秦人力资财，削弱秦国军队。此举适得其反，促进秦国更加强大。《史记·河渠书》记载："渠成，注填淤之水，溉泽卤之地四万余顷（折今 110 万亩），收皆亩一钟（折今 100 公斤），于是关中为沃野，无凶年，秦以富强，卒并诸侯，因命曰郑国渠。"

七绝一首　泾阳茯茶小镇 ①

二〇一八年五月三十一日，在陕西泾阳境内参访茯茶小镇，留绝句一首。

地越淮北不植茶，茶行泾水见金花。

天公应是私秦土，巧撒衣粮到汝家。

二〇一八年五月三十一日

---

① 泾阳茯砖茶，陕西省泾阳县特产，距今已有 600 多年的历史，因其是在夏季伏天加工制作，其香气和作用又类似茯苓，且蒸压后的外形成砖状，故称为"茯砖茶"。古时泾阳茯砖茶沿"丝绸之路"远销中亚、西亚等四十余个国家，被誉为"古丝绸之路上的黑黄金"。茯茶中特有的"金花"是一种有益菌，生物学家现定名为"冠突散囊菌"，其消食健胃，杀腥解腻，降脂减肥，降压降糖，生津御寒的饮用功能为其他茶类所不及，特别是对主食肉类、缺少蔬菜、水果的人们，长期饮用茯茶既能补充人体所需的维生素和矿物质，又能消食化滞、和胃润肠、通便利尿、调节人体新陈代谢。至明、清、民国时期，商品生产和商业贸易进一步扩大，茶商开始筑制"泾阳茯砖茶"，除销往西域各地，更远销至俄国、西番、波斯等 40 余国家。据卢坤《秦疆治略》记载："泾阳县官茶进关，运至茶店，另行检做，转运西行，检茶之人，亦有万余。"

七绝一首　又到海南

　　时值仲夏，在海南小住，竟不觉甚热，而百花次第开放，不胜欣喜之情。

　　　花心可笑到何年，又入芳丛不胜怜。
　　　草木应知狂喜意，乱红一路向云寰。
　　　　　　　　　　　二〇一八年八月二十八日

七绝二首　闲居海南晨起口占

一

听霖观史过三更，醒入霞红万鸟鸣。

欲觅新花云忽至，几多风雨几多晴。

二

思花即见有花开，片紫枝红入眼来。

一息因缘千载遇，步移景度不须回。

二〇一八年九月十一日

七绝五首　赏花

在海南居，多见未识之花，朝夕相处，不能忘情，歌之友之。

琴叶珊瑚 ①

送君雅号海南红，蛱舞蜓飞立翠丛。

椰阵蕉樯遮不住，一枝高逸上青穹。

大花紫薇 ②

谁问高心在紫枝，花开异色已堪奇。

天生一种风流态，付与丹青总不知。

---

①　琴叶珊瑚，因其叶型似琴而得名；别名变叶珊瑚花、琴叶樱、南洋樱、日日樱，为常绿灌木，花红色。原产于西印度群岛，在中国南方多有栽培。

②　大花紫薇，别名大叶紫薇，紫薇属大乔木，高可达 25 米，花淡红色或紫色，花期 5—7 月，喜温暖湿润，常栽培庭园供观赏。国内广东、广西、福建及海南有栽培，国外斯里兰卡、印度、马来西亚、越南及菲律宾有植。

洋金凤 ①

鲜黄亮紫捧红轻，百艳何如一艳明。

初沐杨妃空羡妒，也说丽质自天成。

红鸡蛋花 ②

疏枝大叶意欣欣，可笑凌霄欲乘云。

脂白唇红随缘化，芳心岂止在清芬。

---

① 金凤花，大灌木或小乔木，热带树种，喜高温高湿的气候环境，高达3米，枝绿或粉绿色，有疏刺。总状花序顶生或腋生，花瓣圆形具柄，橙色或黄色，花梗长达7厘米。花果期几乎全年。原产地西印度群岛，中国云南、广西、广东和台湾均有栽培。为热带地区有价值的观赏树木之一。

② 红鸡蛋花，夹竹桃科、鸡蛋花属小乔木，枝条粗壮，叶青绿色，厚且疏离阔大。聚伞花序顶生，花鲜红色，花冠深红色，蓇葖双生，顶端急尖淡绿色。花期3—9月。原产于南美洲，现广植于亚洲热带和亚热带地区。中国南部有栽培，树形美观，为很好的观赏植物。

朱槿 ①

天上人间任画工，谁怜窈窕一花红。

与君遇后魂何在，说尽芳菲不异空。

二〇一八年九月十二日至十九日

---

① 朱槿，又名扶桑、佛槿、中国蔷薇。常绿灌木，高约 1—3 米；玫瑰红色或淡红、淡黄等色，花期全年。朱槿在古代就是一种受欢迎的观赏性植物，原产地为中国。在西晋时期的一本著作《南方草木状》中就已出现朱槿的记载。花大色艳，四季常开，主供园林观用。在全世界，尤其是热带及亚热带地区多有种植。

七绝一首
二〇一八年九月十五日夜候超强台风"山竹"^①醒来不至

风声一夜总关情，破晓唯闻鸟乱鸣。

静候飓魔魔不至，惊心小住看霞生。

二〇一八年九月十六日

---

① 山竹，2018 年第 22 号超强台风，2018 年 9 月 7 日 20 时在
西北太平洋洋面上生成；9 月 15 日，台风"山竹"从菲律宾北部登陆；
16 日 17 时在广东台山海宴镇登陆，登陆时中心附近最大风力 14 级，至
2018 年 9 月 18 日 17 时，造成广东、广西、海南、湖南、贵州 5 省（区）
近 300 万人受灾，5 人死亡，1 人失踪，160.1 万人紧急避险转移和安置。
据应急管理部有关负责人介绍，台风"山竹"还造成 5 省（区）的 1200
余间房屋倒塌，800 余间严重损坏，近 3500 间一般损坏；农作物受灾面
积 174.4 千公顷，其中绝收 3.3 千公顷；直接经济损失 52 亿元。时余暂
住海口西海岸，竟不遇。

升虚邑诗存又续编

七绝一首
九月二十二日从海南回京之际忽见门前
鸡冠刺桐① 欲大放竟生薄幸轻怜之意
不欲行之歌以纪之

难舍阶前一树花，

飘心几度误芳华。

天涯轻别红颜远，

只见浮云不见家。

二〇一八年九月二十二日

---

① 鸡冠刺桐，别名鸡冠豆、巴西刺桐、象牙红，因状似鸡冠，故名
"鸡冠刺桐"。落叶灌木或小乔木。花期约4—7月，花开时红色，且花期
长，故适于庭院观赏也用于道路中央绿化。喜光，也耐轻度荫蔽，喜高温，
但具有较强的耐寒能力。原产巴西等南美洲热带地区。中国华南和台湾地
区有栽培。

七绝一首
菊花吟

漫对长空一碧遥，

霜深秋圃意偏娇。

风流绚烂身余事，

心外无心品自娆。

二〇一八年十月十日

七绝一首
戊戌腊尽再至海口晨起骤见众花大放不胜欣欣之意口占

曾羡瀛洲四季花，

未知烂漫遍琼涯。

东坡归去应余恨，

不见彤云入海霞。

二〇一九年一月二十九日

七绝一首
海南题火焰树 ①

春到波涛万里程，

一枝一炬灼穿清。

繁华何用高天上，

心在无垠意自盈。

二〇一九年一月三十一日

---

① 火焰树，别名火烧花、喷泉树、苞萼木、火焰木，为紫葳科落叶大乔木，又名苞萼木，原产非洲，花期冬春之间，花朵杯形硕大，树高约10米，叶长约10—12厘米，冠幅较大，常作荫庇树或行道树，也适宜公园、社区、旅游区等地种植。细观之，深红色花瓣边缘有一圈金黄色花纹，异常绚丽。中国广东、福建、台湾、云南（西双版纳）均有栽培。

七绝一首
海南题洋蹄甲花 ^①

娇色知为俗世惊，

夺朱魂寄海南楹。

风流休道天成就，

移向穷涯妙未更。

二〇一九年二月一日

---

① 蹄甲花，即洋紫荆花，原产于中国南部，北方地区鲜有生长，在印度等地区也有分布，隶属于豆科云实亚科羊蹄甲属，是一种落叶乔木，它多数被用作我国华南地区的行道树。叶革质，呈肾形，羊蹄状。花朵貌似兰花，大小犹如手掌一般，有五个花瓣。白色洋紫荆花为中华人民共和国香港特别行政区区花。

七绝一首
海南再戏题门外
鸡冠刺桐

吾卜新居君未菲，

当时相见信缘归。

今番夜夜长依伴，

望尽星河入紫微。

二〇一九年二月二日

七绝一首　己亥京城早春即景

因杂事滞留京城。南国已有入夏之征，蓟州始有早春之望。成诗一首。

楼头杨柳弄春寒，
亭畔新枝绽紫兰。
昨夜杏花犹带雨，
今朝桃蕾已团团。

二〇一九年三月十五日

七绝二首
京城窗外京杏花渐蕾欲放
快哉快哉

在京城。因迁居事蹉跎，今年又得见旧居窗外杏花再放，乐何如之。

一

群紫千枝乱玉龙，新苞才染五分彤。

娇心岂意先桃李，日日春风啸碧重。

二

昨夜东风绽巧枝，粉靥红腮对君时。

一年好忆思春尽，说与兰成①知不知。

二〇一九年三月十六日

---

① 南北朝时期著名文学家庾信，小字兰成，有杏花诗云："春色方盈野，枝枝绽翠英。依稀暎村坞，烂熳开山城。好折待宾客，金盘衬红琼。"

七绝一首　又看花

在京城。出门行走，日见乱花生树，五色杂蕃，又一年好光景也。

奈何三月好风天，
谁为欢欣孰为妍。
欲问春心无限意，
笑随柳色入长烟。

二〇一九年三月二十五日

七绝四首　晚秋杭州即事

　　二〇一九年十月二十三日至二十八日，在中国作协"杭州创作之家"小住，与灵隐寺、龙井山比邻而居，有快意存焉，为之诗。

一

秋晴迢递到诗家，水净桥明藕路斜。

霜下枫林红几角，茶心点点孕新葩。

二

霜林孰与晚茶香，径透篱墙入客床。

借道寺门终不许，越空寻味到前冈。

三

烟锁名山雾锁林，问禅何用入云深。

应知秋色层层好，枫落乌啼见佛心。

四

谁染青黄别样明，山红水紫动杭城。

千涂万抹浑不吝，又放狂心到客程。

二〇一九年十月二十七日

七绝二首
十月二十八日在杭州雨中登雷峰塔走长桥睹景有思

白娘子

莫上雷峰望断桥，遇仙当日意何娇。

黑珠巷内家应在，说到金山泪难销。

祝英台

忆昔长桥揖别时，蝶飞心事两当知。

徘徊十八红颜误，错会梁兄意大痴。

二〇一九年十月二十八日

七绝一首
十一月一日自北戴河回京
见沿途秋色绵延不尽

满目橙黄可比金，

一程飘坠一程心。

秋声应识人归去，

半在风尘半在吟。

二〇一九年十一月一日

七绝一首　庚子立春

庚子立春，寒意未去，疫情方炽，有哀心存焉。为之诗。

仍自春侯应律回，
东风未渐野不雷。
九天谁降千江雨，
洗尽黎甿面面灰。

二〇二〇年二月四日

七绝一首　庚子元宵

己亥岁尾，庚子年初，大疫起自荆楚，如风之疾，染于国中，以至于域外，武汉尤炽。遂自除夕起日日闭关，足不出户，读书，写字，饮茶。元宵节夜半过，大雪无声，举城寂然，有悲凉意，亦平生未有之遇也，枯坐不欲就寝，心荡神驰，不知所思，口占一绝。

泼墨唯知王大令，问茶独对小青柑①。

此年此夜非常有，身在三更思在南。

二○二○年二月八日

---

① 柑普茶一种，一般采用未成熟青柑除去果肉和云南普洱茶为原料，经生晒、半生晒制作而成。

七绝一首　无题

镜中白发数来稀，

疫难未平儿未归。

心事一春连广厦，

书窗觑得鹊鸦飞。

二〇二〇年三月十四日

　　　　　　　　　　　　升虚邑诗存又续编

七绝一首　喜闻武汉新增疫患为零

中央以举国之力战疫，四万白衣健儿入武汉，至今日得捷报，江城新增患者为零，大喜，为之诗。

疫战初闻羽檄飞，胜兵四万入雄围。

杀声曾比腥风烈，回首血污满白衣。

二〇二〇年三月十五日

七绝一首
喜闻各地医疗队离鄂返乡

今日新闻，第一批援汉医疗队开始离鄂返乡，大喜，赋诗一首贺之。

一

当日曾闻鼛鼓催，羽书如雨战云开。

短兵相接前军胜，归去凯歌满酒杯。

二〇二〇年三月十七日

七绝二首
喜闻各地医疗队离鄂返乡
之二、三

新闻，今日续有援汉医疗队返乡。为赋新诗两首。

二

凯歌今日血犹鲜，千里云归看笑眠。

班马若图庚子史，高名四万入凌烟。

三

民气兵心两可为，兴邦多难又歌吹。

儿童欲问英雄业，不让神农第一碑。

二〇二〇年三月十八日

诗

七绝一首
喜闻各地医疗队离鄂返乡
之四

四

汉家生死系天山，百战孤城带血还。

父老走奔欣底事，旗旌先过玉门关。

二〇二〇年三月二十一日

升虚邑诗存又续编

七绝五首　观音山竹枝词

二○二一年春，再次参加香港商报"品鉴岭南"作家代表团，赴广东东莞樟木头镇观音山游览。慕刘禹锡竹枝词格调，为诗五首。

一

不念南无不念空，数年几度叩云宫。

慈航应晒归来去，却说春心慕远风。

二

一日东君过海涯，观音岭上放千花。

有情勿问人何在，万里春光是我家。

三

渡劫耽情十万关，拈花一笑会心还。

此身合是莲身否，踏遍灵山到此山。

四

南峰北涧沐晴光，凡草闲花看广长^①。

东去贝经三万叶，早知片片入青苍。

五

佛土长觑十万家，岭南无处不繁华。

余生只愿同山老，日沐飞花啜早茶。

二〇二一年四月十二日

---

① 广长舌，见前释。

七绝三首
辛丑季春与炳根兄深圳品茶

　　二〇二一年春参加香港商报"品鉴岭南"作家代表团赴广东东莞深圳参访，与茶王炳根兄同行，日日饮其好茶，听其谈茶经，虽入室不能，亦渐有登堂之快。先后为诗三首以记之。

深圳雅风与炳根兄品茶

食过烧鹅意半狂，南天品茗待茶王。

惠山看取开元水，先煮武夷第一汤。

二〇二一年四月十四日

深圳深汕与炳根兄再品茶

嘉茗欣尝见慧襟，闽芽建盏有长吟。

寻仙何用三山去，方遇炳公道梦沉。

二〇二一年四月十七日晨

深圳深汕与炳根兄再品茶之二

升座茶仙馥气张，散花天女喜徜徉。

今夕不是人间世，风暖鸟啼百草香。

二〇二一年四月十七日晚

七绝一首
未晚又饮茶

老去东坡不计年，
夜风未渡茶先传。
书窗半闭诗思歇，
馥气乱凫梅下廛。

二〇二一年五月三日

七绝四首　哭袁隆平院士 [①]

一

只手曾安亿万生，浮云一去片心轻。

九州泪下千城雨，天地为民哭老成。

二

页页汗青纪禹功，我公勋业与炎同。

苍天有幸怜华土，重降神农下碧穹。

三

大块何曾厚我荒，千秋血泪尽为粮。

拼将骨肉同泥土，已见中华不丧亡。

四

生时风雨伴辛劳，死梦新禾等树高。

待有乘凉后成者，仍将永泪慰雄豪！

二〇二一年五月二十三日

[①]　袁隆平（1930年9月7日—2021年5月22日），江西省九江市人。中国工程院院士，中国"杂交水稻之父"。

七绝四首　辛丑夏北戴河纪事

一

海阔天高一望空，蝉鸣噪破苇间风。

云头欲起山溪雨，踏浪不归白首翁。

二

历灭经生第几因，再临沧海戏前沦。

多情谁似尧时月，半出华颜照化身。

三

涌起波升总是潮，鹤鸣鸥噪趁风飘。

雪浮欲化冲天雨，也向嶙峋击浪嚣。

四

家住云根浅水湾，渔村岛市任来还。

甲丛鳞阵询名姓，尽说秦时已入山。

二〇二一年七月二十五日

七绝一首
可园亭边紫薇两枝大开

少年岁岁听君绚，

惭愧不醒西子面。

白首天边喜相逢，

雪容月貌惊初见。

二〇二一年七月二十六日

七绝一首　辛丑七夕

岁岁银河痛鹊期，

天风星岸泪还疑。

人间可是欢情少，

忍教痴心永别离。

二〇二一年八月十四日

七绝四首
辛丑年末参加中国作协第十次代表大会①纪事

一

此生六度预文林，拂柳穿花卅载心。

御苑红梅如有忆，当时识得少年吟。

二

今生老去夫如何，历劫经波又一多。

因爱文章千百世，波波天鬼起吟哦。

三

仍学兰亭卅载成，风樯阵马势难轻。

鹅池老去非名序，为有狂锋夜半鸣。

---

① 二〇二一年十一月十二日至十七日，中国作家协会第十次全国代表大会召开，余与会。至此次大会，余已六次与会（从第五次始）。

四

（遵嘱为徐剑老友题壁）

少年意气共云龙，一剑堪当百万凶。

干将不鸣承影①在，文心直上最高峰。

二〇二一年十二月十二日—十六日

---

① 干将和承影均为古名剑之花。

七绝六首　海南又看花

一

几片飘零自紫枝，从来佳日共花词。
莫询妙境人何往，除却无花春去时。

二

思花何止看花时，日日看花有小诗。
非是白头偏爱赋，鲜妍万亿吐新词。

三

日逐芳菲未思家，晚霞踏遍看朝霞。
岭头欲问初圆月，唯见云涛不见花。

四

鹏飞鱼渡到天涯，为学兰亭不觇花。
应是青君难解意，幽香日夜过吾家。

五

海角荒山野不收，崖泉云瀑自空流。
司花仙女轻沾顾，姹紫嫣红又一洲。

六

看花日日复年年，云海菩提雾岬禅。

猜破色空成一笑，白头人在鸟鱼边。

二〇二二年一月十二日—十七日

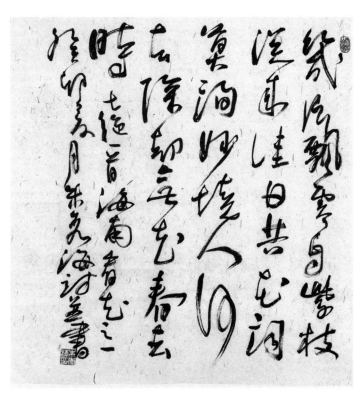

朱秀海书法作品《七绝六首　海南又看花之一》

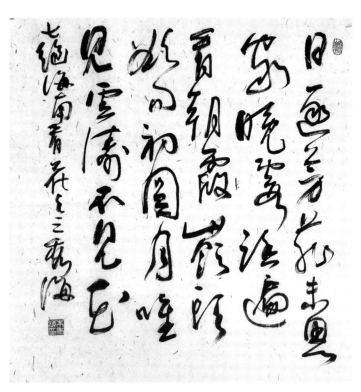

朱秀海书法作品《七绝六首　海南又看花之三》

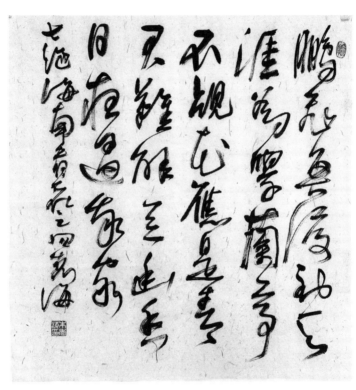

朱秀海书法作品《七绝六首　海南又看花之四》

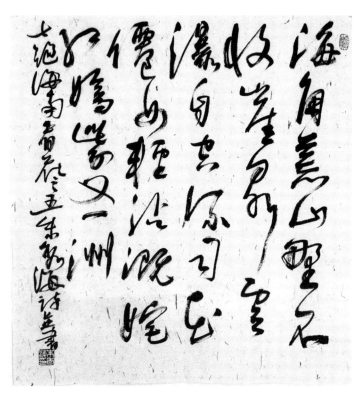

朱秀海书法作品《七绝六首　海南又看花之五》

　　　　　　　　　　升虚邑诗存又续编

七绝三首　壬寅京城问花

一

久盼东风送好枝，司春无赖意迟迟。

忽如一夜惊雷动，墙外杏红知不知？

二

李贺春心逐岁空，诗囊已废酒囊穷。

桃前李后暂相问，明日紫薇红不红？

三

胜日寻芳觅小诗，海棠丛下看几时。

何年身化花千亿，溪粉亭绯痴不痴？

二〇二二年四月十日

七绝四首
古人为花中四君子歌吟不绝
感而赋之

梅

姿名初盛念何郎^①，陆凯江南早赠香^②。

咏到长洲无好句，美人高士说行藏^③。

---

① 即何逊。南北朝梁朝诗人何逊的《咏早梅》被公认为古人咏梅诗中的名篇。诗云："兔园标物序，惊时最是梅。衔霜当路发，映雪拟寒开。枝横却月观，花绕凌风台。朝洒长门泣，夕驻临邛杯。应知早飘落，故逐上春来。"

② 三国吴国重臣陆凯有《赠范晔》诗云："折花逢驿使，寄与陇头人。江南无所有，聊赠一枝春。"

③ 明初诗人高启是长洲（今江苏苏州市）人，故言。高启有《咏梅》九首，其一云："琼姿只合在瑶台，谁向江南处处栽？雪满山中高士卧，月明林下美人来。寒依疏影萧萧竹，春掩残香漠漠苔。自去何郎无好咏，东风愁寂几回开。"

兰

香草离离自绝尘，屈平遇后再无人 ①。

若非太白知幽处 ②，开到东坡不解纫 ③。

竹

少陵曾见拂云长 ④，山谷端夸二月光 ⑤。

非是王蒙岩畔侣 ⑥，应如郑燮墨间狂 ⑦。

---

① 屈原咏兰诗句有："秋兰兮糜芜，罗生兮堂下。绿叶兮素华，芳菲菲兮袭予。夫人自有兮美子，荪何目（yǐ）兮愁苦？秋兰兮青青，绿叶兮紫茎。满堂兮美人，忽独与余兮目成。秋兰兮糜芜，罗生兮堂下。"（《九歌·少司命》）《离骚》中亦有大量咏兰的诗句。

② 李白有《孤兰》诗云："孤兰生幽园，众草共芜没。虽照阳春晖，复非高秋月。飞霜早淅沥，绿艳恐休歇。若无清风吹，香气为谁发。"

③ 苏轼有咏兰诗云："本是王者香，托根在空谷。先春发丛花，鲜枝如新沐。"

④ 杜甫《咏竹》诗云："绿竹半含箨，新梢才出墙。色侵书帙晚，隐过酒罇凉。雨洗娟娟净，风吹细细香。但令无翦伐，会见拂云长。"

⑤ 黄庭坚有咏竹诗云："竹笋才生黄犊角，蕨芽初长小儿拳。试寻野菜炊香饭，便是江南二月天。"

⑥ 元代画家王蒙有《竹石图轴》，世人视为珍宝。

⑦ 清画家郑板桥（燮）以画竹名世，其所画风中墨竹，尤为世人所珍。

诗   281

菊

金风玉露正秋时，娇色初开烂漫姿。

五柳安知遗独意，东篱乱拂傲寒枝^①。

二〇二二年八月十日

---

① 东晋诗人陶渊明自号五柳先生，以爱菊名世。有诗句云："采菊东篱下，悠然见南山。"

七绝一首　改唐赵嘏诗

风景依稀似旧年，
韶光似水水开天。
当时蹈海人何在，
阵立风樯浪不先。

二〇二二年十二月二十七日

七绝一首
今冬海南花势不盛
驻足痛责之

花心惨淡花容薄，

高致何如旧日峨。

若待春风方出秀，

千红万紫不为多。

二〇二三年元月五日

七绝一首
除夕日和宇文先生
除夕寄怀诗 [①]

白首天边喜气醇，

红飞翠卷又新春。

思君已解君同梦，

万里如邻共吉辰。

二〇二三年元月二十一日

---

① 宇文峥明原诗：除夕寄怀 酒入凉天气味醇，老心多感又逢春。祇今我与君同梦，愿抱琼觞寿北辰。宇文峥明 谨呈 21/1/2023/ 周六·壬寅腊月三十。

拟五古一首
初冬偶走小园见黄叶落尽青叶尚留
北风渐烈其色不改思之有怀

煌煌金落尽，郁郁青尚留。

媚世有艳色，清贞自为俦。

白草西溪低，黄花东嶂收。

翠明矜广岸，绿冷耀空丘。

心待冰风烈，意同雪梅游。

明年叶再发，还上春枝头。

二〇一七年十一月十五日

拟五古一首
十一月五日游野鸭湖见繁华落尽
思之黯然不能释怀欲歌未竟
又十一日后补正

秋风折白草，燕山何峻厉。

天净雁去远，水空鸥飞低。

岁寒黄芦乱，人缈绿鸭稀。

夕阳光惨淡，徒照塞城墟。

望之意凄然，此心何所之。

二〇一七年十一月十六日

升虚邑诗存又续编

拟五古一首　戊戌仲秋感怀之一

闻道秋风起，此心竟不适。

坐卧长难宁，去看旧园茨。

黄叶应时坠，飘旋片片迟。

弱阳照疏果，光透东南枝。

松竹仍后凋，默然对空篱。

残花一二见，萼叶自萎蕤。

天心在肃杀，回风为之诗。

久立望亭上，欲歌还无词。

白露景尚好，霜降不敢思。

二〇一八年九月二十八日

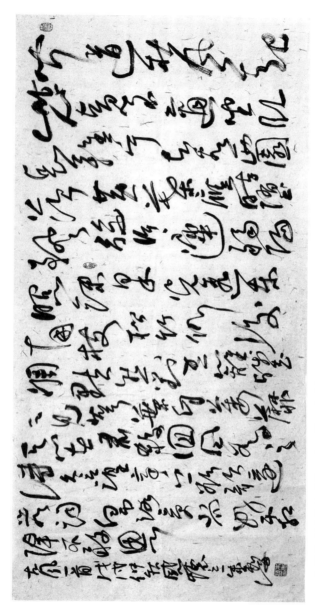

朱秀海书法作品《拟五古一首 戊戌仲秋感怀之一》

拟五古一首　戊戌仲秋感怀之二

长噫立荒阔，千载思谁人。

泽畔行吟路^①，东篱采菊村^②。

绝粮陈蔡树^③，避圣箕颍身^④。

割席对管子^⑤，狂书谢山君^⑥。

思禅面嵩壁^⑦，立雪看程门^⑧。

感宋悲秋句^⑨，恨潘种花心^⑩。

烂柯仙迹缈^⑪，荷蓧犁痕尘^⑫。

畅意此生者，击壤欲何云^⑬。

可怜幽独处，月明钓矶存^⑭。

二〇一八年九月二十九日

①　《楚辞·渔父》云:"屈原既放,游于江潭,行吟泽畔,颜色憔悴,形容枯槁。"渔父见而问之曰:"子非三闾大夫与！何故至于斯？"屈原曰:"举世皆浊我独清,众人皆醉我独醒,是以见放。"

②　陶渊明诗饮酒(其五) 云:"结庐在人境,而无车马喧。问君何能尔？心远地自偏。采菊东篱下, 悠然见南山。山气日夕佳,飞鸟相与还。此中有真意,欲辨已忘言。"

③　《史记·孔子世家》云:"孔子迁于蔡三岁,吴伐陈。楚救陈,军于城父。闻孔子在陈、蔡之间,楚使人聘孔子。孔子将往拜礼。"陈、蔡大夫谋曰:"孔子贤者,所刺讥皆中诸侯之疾。今者,久留陈、蔡之间,诸大夫所设行,皆非仲尼之意。今楚,大国也,来聘孔子。孔子用于楚,则陈、蔡用事大夫危矣！于是乃相与发徒役,围孔子于野。不得行,绝粮。从者病,莫能兴。孔子讲诵弦歌不衰。"

④　即箕山和颍水。相传尧时,贤者许由曾隐居箕山之下,颍水之阳。后因以"箕颍"指隐居者或隐居之地。

⑤　《世说新语·德行篇》云:"管宁、华歆共园中锄菜。见地有片金,管挥锄与瓦石不异,华捉而掷去之。又尝同席读书,有乘轩冕过门者,宁读书如故,歆废书出观。宁割席分坐,曰:'子非吾友也。'"

⑥　指嵇康的《与山巨源绝交书》。山巨源，即山涛，是嵇康的朋友，这封书信是嵇康听到山涛由选曹郎调任大将军从事中郎时，想荐举他代其原职的消息后写的。信中拒绝了山涛的荐引并与其绝交。

⑦　嵩山面壁，指禅宗初祖菩提达摩寓止于嵩山少林寺，曾面壁而坐，终日默然静修九年。

⑧　立雪程门，语出《宋史·杨时传》："（时）见程颐于洛，时盖年四十矣。一日见颐，颐偶瞑坐，时与游酢侍立不云。颐既觉，则门外雪深一尺矣。"

⑨　宋玉诗《九辩》云："悲哉秋之为气也！萧瑟兮草木摇落而变衰。"

⑩　《白氏六帖》卷二十一云："潘岳为河阳令，种桃李花，人号曰：'河阳一县花。'"

⑪　烂柯的故事，见南朝·梁任昉《述异记》卷上："信安郡石室山，晋时王质伐木，至，见童子数人，棋而歌，质因听之。童子以一物与质，如枣核，质含之，不觉饥。俄顷，童子谓曰：'何不去？'质起，视斧柯烂尽，既归，无复时人。"后以"烂柯"谓岁月流逝，人事变迁。

⑫　荷蓧丈人选自的故事见《论语·微子》，云："子路从而后，遇丈人，以杖荷蓧。"子路问曰："子见夫子乎？"丈人曰："四体不勤，五谷不分。孰为夫子？植其杖而芸。"子路拱而立。止子路宿，杀鸡为黍而食之，见其二子焉。明日，子路行以告。子曰："隐者也。"使子路反见之。至则行矣。

⑬　古《击壤歌》云："日出而作，日入而息。凿井而饮，耕田而食。帝力于我何有哉。"

⑭　严光，字子陵，省称严陵，东汉会稽馀姚人。少与汉光武帝刘秀同游。秀即帝位后，光变姓名隐遁。秀遣人觅访，征召到京，授谏议大夫，不受，退隐于富春山。《南史·隐逸传上·刘凝之》："昔老莱向楚王称仆，严陵亦抗礼光武。"唐李白《箜篌谣》："贵贱结交心不移，惟有严陵及光武。"前蜀韦庄《旅中感遇寄呈李秘书昆仲》诗："怀乡不怕严陵笑，只待秋风别钓矶。"

拟古风一首
己亥夏日在海南芳林墅
再见莲雾之树为之歌

莲雾，莲雾，胡为乎此渡？

千山兮万水，容与此南屿。

朝展青颜，夕挹红露。

微此娇美，令人驻步。

莲雾，莲雾，胡为乎此遇？

百载兮千年，会今生之异路。

翔兮舞兮，徘徊于一树。

此会何因？焉为此旅？

莲雾，莲雾，胡为乎此顾？

乍忧兮乍喜，含情乎薄暮。

非宓妃之殷勤，待子建之好语？

二〇一九年六月十一日

拟四言古风一首
秋桃吟

秋桃可食，炎蒸已消。

海平天阔，云淡山高。

此心何处，莽荒是招。

蹀躞前浦，徘徊左皋。

此心何赴，与酒与潮。

二〇一九年八月二十八日

拟七古一首
壬寅中元节后初感
秋凉试为集句

待到秋来九月八，（唐·黄巢）

添愁益恨绕天涯。（唐·白居易）

夜闻啼雁生乡思，（宋·欧阳修）

望极天涯不是家。（宋·李遘）

明月楼高休独倚，（宋·范仲淹）

碧山还被暮云遮。（宋·李遘）

日长睡起无情思，（宋·杨万里）

青草池塘独听蛙。（唐·曹邺）

短笛谁吹断肠曲，（明·钟顺）

峭寒欺客晚还加。（宋·王之道）

一樽竟藉青苔卧，（宋·赵鼎）

今日溪云迷小槎。（宋·林用中）

不是花中偏爱菊，（唐·元稹）

天姿高洒出常葩。（宋·姜特立）

江蓠圃蕙非吾耦，（宋·杨万里）

穿破苔痕恶笋芽。（唐·钱镠）

诗

照影弄妆娇欲语，（宋·晏几道）

潺湲绿水莹金沙。（唐·上官昭容）

新诗旧叶题将满，（明·王守仁）

万斛诗香散幽遐。（宋·赵必象）

若使芳姿同众色，（宋·赵扩）

重阳不使老陶夸。（明·高松）

金华千点晓霜凝，（唐·皮日休）

雷动蜂窠趁两衙。（宋·陈师道）

黄菊紫菊傍篱落，（唐·杨衡）

只看神笔纵龙蛇。（唐·徐寅）

但惊茅许同仙籍，（唐·李商隐）

万里鱼龙听鼓笳。（明·袁凯）

最忆南园微雨过，（明·刘崧）

西风吹客浮仙槎。（宋·赵必象）

湘江竹上痕无限，（唐·李商隐）

战罢秋风笑物华。（明·张煌言）

折得一枝还好在，（宋·王安石）

野芳虽晚不须嗟。（宋·欧阳修）

江梅久矣报涂粉，（宋·郑刚中）

霜日新晴晚更嘉。（宋·袁说友）

我重此花全晚节，（宋·高翥）

不容霜节老云霞。（宋·杨万里）

桤林碍日吟风叶，（唐·杜甫）

雨洒幽窗鼎沸茶。（清·孙原湘）

归到玉堂清不寐，（宋·周必大）

草连云暗有藏鸦。（宋·朱弁）

二〇二二年八月十五日

杂诗一首　写字谣

学书十年。一曝十寒。

朝秦暮楚。扑蝶扑蝉。

不工不拙。难蚩难妍。

秋风萧瑟。白发皤斑。

字犹如此。人何以堪？

二〇二二年十月十九日书后

升虚邑诗存又续编

词

朱秀海书法作品《庆清朝一首 丙申深秋夜听雨有作》

庆清朝一首
丙申深秋夜听雨有作

寒雨深深，

流年怎处，

金风千里皇京。

难言绿亭红榭，

尚有余馨。

听惯韶光浩荡，

携蛩声步履雷鸣。

登临意，

或思旅雁，

长去还停。

秋山事，

飞红恨，

一从潇潇，

落坠又逢盈。

无用宋悲江诉，

狂费辞情。

诗后灯前酒醒，

看描它燕瘦环莹。

凭谁问，

此心已老，

不涉峥嵘。

二〇一六年九月二十七日

浣溪沙一首
丁酉新年游澳十七日归来戏题

万里鹏飞度远天，

蜃楼海市久缠绵。

镜花水月不知还。

应是梁园中国好，

酪浆十日思龙团①。

重回帝阙过新年。

二〇一七年二月一日

---

① 龙团，宋代名茶，贡品。

甘草子一首
春词第一

醒早。

薄被轻寒,

长听年声杳。

万里思春归,

为看山梅俏。

哪处天涯无芳草。

此命也从浮尘老。

可恨人生对花少。

坐忆新莺闹。

二〇一七年二月三日

升虚邑诗存又续编

浣溪沙一首
春词第二

寒薄梅开多相思，

最难风软立春时。

危栏小看柳迟迟。

漫听扬州春色好，

隋堤花乱野莺啼。

相思谁道在江湄。

二〇一七年二月四日

锦缠道一首
丁酉二月夜与京城好友
饮醇酒大醉有词

再放迎春，

冰解柳青梅瘦。

细思量、此生曾负，

醑情醴债醪中偶。

无限心情，

欲说还无又。

问今生酤俦，

神仙何寿。

尽盈卮、介狂长售，

百岁唯愿忘忧为友。

千秋回望，

独见英雄酒。

二〇一七年三月十一日

扬州慢一首
春词第三

乍遇春光，

难言心与，

年年来去匆忙。

想长亭烟柳，

此时应轻长。

燕啼遍、江南塞北，

桃红庾岭，

梨白渔阳。

飞花事、肠断娇娘，

泪溅诗郎。

此身沧浪，

　宁不思，

　鹊榭燕堂。

恨日日风暖，

　夜夜梦好，

　寸寸眉扬。

舞蹈踏青新野，

　还经过，

　舜陛尧场。

且举觞问月，

白头堪共痴狂?

　　　二〇一七年三月三十日

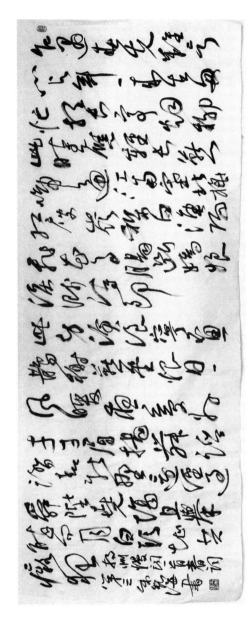

朱秀海书法作品《扬州慢一首 春词第三》

绮罗香一首
春词第四
（给窗外杏树）

重景归迟，

青青已满，

粉蕊又从飘散。

岁岁年年，

爱煞玉腮羞眼。

伺春信，

一往情深，

共诗砚，

可称佳愿。

是谁人竹意梅怀，

错移与白发人伴。

今年轻失艳璨。

行过天遥地迥，

归鸿声晚。

竟负心盟，

空说海山遮返。

恨此身，

一誓难承，

忆当日，

早余惭叹。

盼今宵梦逐香风，

会芳容未远。

二〇一七年四月八日

念奴娇一首
春词第五（桃花）

年年花发，

又关关莺唤，

仲春时节。

也道江南春已暮，

梅雨涸残芳叶。

不夺先声，

长随归雁，

漫绽长城缺。

戏言杏李，

看谁魁占千堞。

化就小玉精魂，

双成袅娜，

对映溪头月。

蕊染轻红衣浸雪，

意态从来难遏。

烂漫天真，

鲜妍明媚，

都与双飞蝶。

风流时短，

举觞还畏歌歇。

二〇一七年四月十二日

南乡子一首
有　怀

迢递问云泉。

老去驱车又一年。

海上东坡帆正举。

星繁。

王粲楼头月尚悬。

剑阁百重烟。

日曜韩江下水船。

雪满轮台疏勒绝。

谁怜？

又渡潇湘问九原。

二〇一七年十月六日

临江仙一首
丁酉重阳

秋色千崖谁共语，
　几回枕上涛声。
江都道上柳莺鸣。
　繁华年少意，
　不在春山青。

重九漫吟将进酒，
　哪堪醉后惺惺。
恨思羞自老时生。
　月明心外见，
　霜白菊边听。

二〇一七年十月二十八日

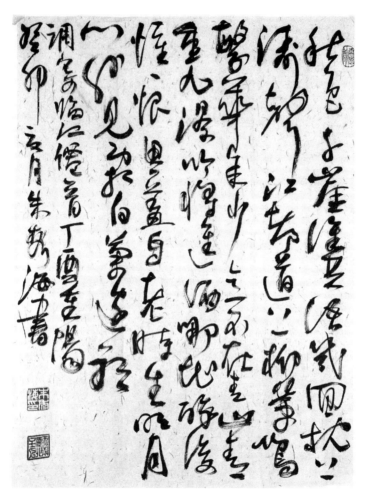

朱秀海书法作品《临江仙一首　丁酉重阳》

水龙吟一首
戊戌冬至又次日

登楼此日情何处，

一线寒村冰淑。

山空梅小，

松声缈远，

荷枯草苦。

应念庄园，

遥津不渡，

蝶姿难睹。

又少年垂暮，

徘徊舞蹈，

惺惺意、无人语。

自信性疏神煦，

乍回眸，

苍凉风翥。

余生万里，

尘烟大野，

云涛海屿。

辞误兰亭，

诗暧三径，

梦停天姥。

听《关山》① 一曲，

阿瞒心事，

天涯孤旅。

二〇一八年十二月二十四日

---

① 即《度关山》，乐府旧题，属《相和歌·相和曲》。这里指曹操的抒情诗《度关山》。

西江月一首
二〇一九年元旦戏题

梦醒惊添一岁，

匆匆已别行年。

风和日暖渡新天，

看去海清河晏。

休道前尘昨雨，

又成故事闲编。

渔樵话里旧江山，

欢喜浊浆一碗。

二〇一九年元旦

相见欢一首
元旦休息一日读李煜
"独上西楼"句有感

飞花流水余年，
　少凭栏。
长识西楼人去，
　月重圆。

思旧痛，
　千载一，
　孰能鲜。
唯是此情永驻，
　彩云间。

二〇一九年一月一日

虞美人一首
戊戌秋晚

一年将去鸿先渡，
　夕照明秋树。
何曾种菊到东篱，
依旧桃红杏白、暗香移。

流光应是伤心杵，
　叶叶风前舞。
这时人立小园东，
看尽枫凋露冷，
　意难空。

二〇一八年秋填词未完，
二〇一九年一月三日补成

小重山一首
二〇一九年一月三日病酒

应是新年诗意隆。

对关吟马颂、恨谁同。

断章残片见辞雄。

平仄事、千古最难工。

醉去梦何穷。

遇莺啼柳翠、久朦胧。

漫携佳句入花丛。

耽情处、满目早霞红。

二〇一九年一月三日

章台柳一首
戊戌岁尾饮酒

三径东，
花难折。
长忆年年菊黄节。
饮罢登高酒一觞，
已恨梅红在狂雪。

二〇一九年一月五日

眼儿媚一首
戊戌岁尾又病酒

风冽冰莹问西园，
　此去又经年。
　　阴山莺唤，
　　天门瀑注，
　　琼岛波寒。

浮华驰荡青春事，
　谁共快苍颜。
　　欢通万古，
　　情存千仞，
　　笔下狼烟。

　　　　　二〇一九年一月六日

如梦令一首
与武汉旧友遇忆及当年枕江畔湖居
于武昌时往事夜有梦

十载湖声入梦。

年少耽迷屈宋。

却记暮春时，

好与扁舟独共。

风纵，

风纵，

归去还吟《橘颂》。

二〇一九年一月九日

如梦令一首
与武汉旧友遇忆及当年枕江畔湖
居于武昌时往事夜有梦之二

枕上江风浩荡。

芳草云波烟浪。

醒忆别君时，

黄鹤楼头愁望。

惆怅，

惆怅，

千里一帆东向。

二〇一九年一月十日

升虚邑诗存又续编

浣溪沙一首
在杭州夜游西湖忽思海南儋州
东坡书院[①]有歌

万里萍浮见海村。

边荒不死命穷身，

弦歌世外亦欢欣。

眉下琼州三月景，

歌讴儋县四时春。

椰风最是识情亲。

二〇一九年一月十五日

---

① 苏东坡谪居儋州三年，留下旧居"载酒堂"，后来辟为东坡书院。东坡书院位于儋州中和镇东郊一里，是国家级文物保护单位之一，占地面积为 25000 平方米，现开发为旅游区。

一剪梅一首
哭白桦①先生

1月15日，白桦先生逝世。年少时曾与先生同事，时有晤谈，得教甚多。曾有一夜听先生谈其半生经历，惜未能尽。不久即与先生分离，此后再无前席快谈之期，可叹也夫！虽然，先生著作等身，名满天下，当入不朽者流，又为先生庆。成词一首，纪哀情也。

长忆江城火样春。

花插乌鬓，

眉上青云。

笑言九死半生魂。

一瞬崇楼，

一瞬渊津。

也写牡丹别样真。

笔下轻红，

情上明君。

座中未识泪衫新。

一夜倾心，

一世离分。

二〇一九年一月十七日

---

① 白桦（1930年—2019年1月15日），原名陈佑华，1930年
生于河南省信阳市平桥区，中国当代著名诗人、小说家、编剧。1946年在《中
州日报》上发表短诗处女作《织工》。1953年出版短篇小说集《边疆的声音》。
1954年担任剧情电影《山间铃响马帮来》的编剧。1955年加入中国作家
协会；同年出版抒情短诗集《金沙江的怀念》、短篇小说集《猎人的姑娘》。
1956年出版长诗《鹰群》。1957年创作诗集《热芭人的歌》。1958年
被划为"右派"分子，三年后平反。1965年发表话剧《像他那样生活》。
1976年创作话剧《曙光》。1979年出版长诗《孔雀》，担任战争电影《曙
光》的编剧。1980年出版《孪生兄弟电影剧本选》，同年出版话剧剧本集《白
桦剧作选》，诗歌《情思》，担任电影《今夜星光灿烂》编剧。1981年长
篇小说《妈妈呀，妈妈！》出版。1982年，为北京人民艺术剧院编写话剧
剧本《吴王金戈越王剑》，同年出版诗歌《白桦的诗》，担任电影《苦恋》《孔
雀公主》的编剧。1985年任上海作家协会的副主席，同年出版中篇小说《白
桦》。1986年长篇小说《爱，凝固在心里》出版。1987年创作长篇小说《我
在爱和被爱时的歌》。1988年出版长篇小说《远方有个女儿国》。1989
年，与白先勇、孙正国共同担任电影《最后的贵族》的编剧。1992年担任
编剧的古装电影《杨贵妃》上映，话剧剧本集《远古的钟声与今日的回响》、
诗歌《白桦十四行抒情诗》、长篇小说《哀莫大于心未死》出版。1993年
出版长篇小说《溪水，泪水》。1994年创作随笔集《混合痛苦和愉悦的岁月》。
1995年小说《苦悟》《流水无归程》、话剧剧本集《一个秃头帝国的兴亡》
出版。1996年与多人联合担任古装剧《宰相刘罗锅》编剧。1997年出版
中短篇小说集《沙漠里的狼》。1998年由其创作的长篇小说《每一颗星都
照亮过黑夜》出版；同年出版散文集《悲情之旅》，小说集《白桦小说选》；

电影文学剧本《诗人李白》。2000年担任电影《阿桃》编剧，同年担任电影《英雄无语》的编剧，出版音乐散文集《音乐与我》。2002年担任儿童剧《乘着歌声的翅膀》编剧；同年出版随笔《一半阳光一半阴影》，随笔集《如梦岁月》。2005年出版长篇小说《一首情歌的来历》。2008年，出版随笔集《不再重现的图画》，创作小说《每一颗星都照亮过黑夜》。2009年创作小说《蓝铃姑娘：云南边地传奇》。2010年出版诗作《长歌和短歌》；同年创作文学作品《中华上下五千年》。2011年，白桦获得第19届柔刚诗歌奖荣誉奖。2014年由其创作的小说《指尖情话》出版。2015年，"越冬的白桦"——白桦诗歌朗诵会在上海图书馆报告厅举行，白桦登台朗诵了自己的诗歌《一棵枯树的快乐》。2017年白桦获得第3届中国电影编剧终身成就奖。2019年1月15日凌晨2时15分在上海逝世，享年89岁。

蝶恋花一首
戊戌岁尾至杭州夜走西湖思东坡先生
一生与西湖缘不能成寐

波静断桥痕荷渚。

却立雕栏，

望尽双峰雾。

谁泛轻舠花港去，

湖心亭暗莺声数。

太守画舻连鼓舞。

梅占春晴，

一夜过重屿。

九死南荒思再遇，

归舟曾是伤心渡①。

二○一九年一月十五日

---

① 笔者读《苏东坡全集》，认为苏轼晚年流放惠、儋二州期间，一直都在怀念杭州西湖和作为通判、知州在杭州度过的快乐日子。

忆江南五首
杭　州

一

江南好，

最忆是杭州。

桃灼钱塘春染岸，

桂盈天笠月侵舟。

秋半觑潮头。

二

杭州好，

最忆是西湖。

曲院回廊听苇鹭，

三潭晴日过渔舻。

花舫近荷菰。

三

西湖好，

最忆是长桥。

柳浪莺风吟蝶恋，

日光塔影念蛇娇。

红绿一湖娆。

四

长桥好，

最忆是莼鲈。

一盏桂花潭月外，

洛阳宫叶落还无?

清醉对闲书。

五

莼鲈好，

永忆在孤山。

曾序种梅邀逸士 [①]，

寻姝何日到林边。

蹋雪探凌寒。

二〇一九年一月二十二日

---

① 明·张岱有《补孤山种梅叙》，其辞云："盖闻地有高人，品格与山川并重；亭遗古迹，梅花与姓氏俱香。名流虽以代迁，胜事自须人补。在昔西泠逸老，高洁韵同秋水，孤清操比寒梅。疏影横斜，远映西湖清浅；暗香浮动，长陪夜月黄昏。今乃人去山空依然水流花放。瑶葩洒雪，乱飘冢上苔痕；玉树迷烟，恍堕林间鹤羽。兹来韵友，欲步前贤，补种千梅，重修孤屿。凌寒三友，早连九里松篁；破腊一枝，远谢六桥桃柳。伫想水边半树，点缀冰花；待将雪后横枝，低昂铁干。美人来自林下，高士卧于山中。白石苍崖，拟筑草亭招放鹤；浓山淡水，闲锄明月种梅花。有志竟成，无约不践。将与罗浮争艳，还期庾岭分香。实为林处士之功臣，亦是苏长公之胜友。吾辈常劳梦想应有宿缘。哦曲江诗，便见孤芳风韵；读广平赋，尚思铁石心肠。共策灞水之驴，且向断桥踏雪；遥瞻漆园之蝶，群来林墓寻梅。莫负佳期，用追芳躅。"

西江月一首
己亥元月初七日海南有思

未识东君先渡，

已惊帘外芳菲。

槿飞兰谢哪堪追，

偏是梅狂又坠。

稍著耕烟袅袅，

微含山雨霏霏。

一春好景说当归，

莺唤声中人醉。

二〇一九年二月十一日

西江月一首
己亥元月初八日朋友问
何日回京

园角山茶竞放，

庭隅火焰齐晖。

玉兰绽后紫荆随，

还妒朱缨色最。

北国时方雪舞，

南天渐倦花飞。

鹧鸪未唤远人归，

唤也春深不悔。

二〇一九年二月十二日

西江月一首
己亥元月十一日
海南芳林墅有思

漫说少年垂暮，
稍怜世外鱼渔。
日边事业逐鸥居，
比户天涯孤旅。

沧海波峰浪谷，
空山春马秋车。
当时望断彩云衢，
一曲《乱红》心绪。

二〇一九年二月十五日

西江月一首
十四年后重游扬州瘦西湖
兼怀欧阳文忠公

余曾于 2005 年春游扬州瘦西湖平山堂，今又游之，不能无词。

小问文章太守，

曾轻宴后吟余。

平山堂上易人居，

说甚莺堤柳淑。

二月四桥烟翠，

半秋一水亭孤。

此生天令老不愚，

明月舟中醉去。

二〇一九年五月十二日

浣溪沙一首
过扬州八怪纪念馆

晨起游扬州八怪纪念馆，虽有游人，不多也，一画一字一碑，唯感萧索。归去有词一首。

落拓江湖酒一卮，

杖藜喧叫故交时。

弃才好向广陵枝。

凌乱白梅膺雪舞，

支离墨竹逆风飞。

畸零心事野人知。

二〇一九年五月十四日

浣溪沙一首
在镇江游三山^①多遇好字

十五日起游镇江三山风景区，颇思古人，多见前人遗墨，屡驻足，有不知有汉何谓魏晋之慨。为之词。

见得润州妙墨多，
古今笔意费吟哦。
可怜淘尽大江波。

梅月繁华零落罢，
六朝古道任蹉跎。
此生可奈谢王^②何。

二〇一九年五月十五日

---

① 镇江三山风景名胜区，由金山风景区、焦山风景区、北固山风景区组成，风景各异，为国家 5A 级旅游景区。

② 即谢安、王羲之。

西江月一首
七月七日访金华婺城区寺平古村 ①

二〇一九年七月，随中国报告文学杂志社组织之作家采风团赴金华婺城区寺平古村采访，留词一首。

一旦轻车暂驻，

展眸婺岭梅溪。

奔丘赴壑入云低，

说是银妃故里。

父老依然安堵，

门楣仿佛前题。

嶙峋雨巷不堪思，

步步鸟鸣难已。

二〇一九年七月八日

---

① 金华婺城区寺平村为中国历史文化名村，始建于元末，距今有700多年历史。村庄保留着古时"七星伴月"的格局，保存完好的百顺堂、崇厚堂、立本堂、基顺堂等明清建筑集中了徽派建筑艺术的精华。为明朝美女"淑妃"银娘的故里，至今村里保存着清澈甘美的"银娘井"。拥有农耕文化展示厅和中国首个农村油画艺术馆。

西江月一首
己亥七月参加《十月》杂志泸州老窖"高粱红了"采风活动因伤酒不能饮唯能大言

见说高粱红了，

泸州美酒盈樽。

洞中品过一年春，

千载兴亡都尽。

走遍江山万里，

稍矜壶底乾坤。

依然醉里见情真。

满下这杯再论。

二〇一九年七月十九日

渔家傲一首
己亥夏月北戴河遇大雨

榆梅世外红如玉，
蔷薇谢尽香难续。
海上黑云连嶂蓄。
回怅目，
夕阳半照燕山绿。

永向洪波长飓促，
浪飞碣石孤鸥速。
雾角楼高眉独蹙。
声满谷，
狂涛已向亭头覆。

二〇一九年八月四日

词　　　　　　　　　　　　　　　　345

西江月一首
己亥晚秋又至北戴河

应问秋思何至，
漫吟栌紫枫红。
山间水渼少人同，
极目天高地迴。

此日谁从时鸟，
心去如纵归鸿。
无边金叶下西风，
碣石连涛入梦。

二〇一九年九月二十六日

遍地锦一首
九月十三日黄昏
北戴河观海

浪拍穷崖思空蠹。

步重楼,

鹄飞鸥语。

觑苍茫,

海入城余。

落日壮,

天清月吐。

忆曹瞒、赵政都临,

正秋风,

孰人堪诉。

碣石崝,

孤影高眸,

早阅尽,

洪波涌举。

二〇一九年十月十三日补全

词

城头月一首
又秋思

流光又说金声误，

　直令弦如诉。

　叶落枫桥，

　鸿飞塞涧，

　好送当年去。

忍将旧忆随亡句。

　新怨归前溆。

　败荷残葑，

　霜寒雨苦，

　颠倒和风语。

二〇一九年十月十二日

浣溪沙一首
己亥晚秋走绍兴过沈园

己亥十月，在杭州疗养，走绍兴，看沈园，品陆翁及唐婉词，归来有此词。

欲卜此生见应难，

羽鸣红落两阑珊。

相逢叵那有斯园。

旧日瑶琴轻拭未，

今朝并蒂不堪看。

可从凋泪忆花残。

二〇一九年十月二十九日

临江仙一首
二〇二〇年元旦

时在北京。疫情尚未听闻。乐迎新年，心情自好，故有此词。

太平岁月天天好，

无论乐变风移。

浮华阵里漫相随。

忘情巴雨夜，

送目楚山隈。

浊酒一杯心万里，

兴亡先上苍眉。

少年应笑白头非。

天山遗梦在，

醉唱《破重围》①。

二〇二〇年一月一日零时

---

① 唐·韦庄有诗《闻官军继至未睹凯旋》云："嫖姚何日破重围，秋草深来战马肥。已有孔明传将略，更闻王导得神机。阵前鼙鼓晴应响，城上乌鸢饱不飞。何事小臣偏注目，帝乡遥羡白云归。"

永遇乐一首
二〇二〇年一月五日夜
北京大雪

簌簌泠泠，

霤霤翯翯，

大千都歇。

古塞边城，

故宫烟柳，

一付于寒彻。

江南狂士，

西湖梦醒，

应可小停《三叠》。

便乘兴，

名溪访戴，

亦要万劫千灭。

北方意象，

寒深冰重，

宁是人间佳节。

燕赵胸怀，

骠骑志气，

难望阴山牒。

不忧无事，

忧衷情在，

磨尽冠军心铁。

忍闻道，

廉颇已老，

金瓯犹缺。

二○二○年一月六日

浣溪沙五首
澳洲纪事

二〇二〇年一月十四日至二十二日，受泸州老窖之邀，有澳大利亚九日之行，走墨尔本、阿德莱德，并观澳网比赛。适逢澳洲大火，或言不可去。途中偶有纪，归来校成。

一

万里鹏飞渡海初，
人言举境尽焚余。
繁华可叹已成墟。

乍莅墨城①魂始定，
晴空云薄有尘污。
祝融究竟在遥岖。

二

堪笑颠狂老未收，

四更即起伴同游。

马场牛谷乘气球②。

火啸一声混暗散，

伞升人起上云头。

可怜浓雾锁兴眸。

三

客至阿城③事事新，

天蓝地绿水不浑。

欲知大火看新闻。

漫说德村烤肉好④，

黑啤再品不知门。

仍然泸酒最相亲。

四

佳气草光满酒庐，

主人华服对宾车⑤。

酪浆谁道不如书。

湾内海豚知未少，

屿沟滩脊看农渔。

原来夷汉也耕锄。

五

处处人流见汉裾，

此邦不觉我邦殊。

粤汤蜀酒自喧呼⑥。

澳网点红中国岁，

泸州国窖上荧图⑦。

此时欢笑入穹虚。

二〇二〇年一月二十二日

① 即墨尔本。

② 1月16日有亚拉河谷乘坐热气球之行，河谷地为一牧场。

③ 即阿德莱德。

④ 阿德莱德市郊有德国村。前次来澳时曾专程到此处饮德国黑啤，此次复至，众同行者不觉其妙，晚上复饮泸州老窖，乐甚。

⑤ 1月18日有希拉谷酒庄体验红酒酿制过程之行，主人穿中式服装迎接宾客，下午并乘船去河湾看海豚。

⑥ 澳洲各城多有中华街，无论城乡亦多见中华面孔语言衣冠者，粤菜川酒应有尽有。

⑦ 1月19日在墨尔本公园墨尔本球场观看澳网比赛，见主办方为迎中国新年在荧屏上以中国红为底色，泸州老窖与国际各大赞助商品牌广告一并被反复播放。

浣溪沙一首
庚子除夕

载载岁除醉酒归，

杜康队里少人随。

童心说向白头谁。

应是并州风景好，

桑干经历思成灰。

咸阳望罢再倾杯。

二○二○年一月二十四日

词　　　　　　　　　　　　　　　　　357

采桑子一首
庚子清明见花

庚子大疫，清明疫情炽盛，仍见花开，有感慨焉。成词一首以记当时心情。

昔年未识春光好，
枉费桃荣，
乱写篱青，
强说楼台三月馨。

今年始识春光好，
难诉深情，
况属清明，
一树繁华一树惊。

二〇二〇年四月四日

沁园春一首
庚子季春走京西园博园
见百花大放

曾恨东君，

江南何处，

乱落梅华。

竟青深柳岸，

红秾荻陌；

粉墙杏出，

苍扊苔加。

暮卷朝飞，

雨丝云片，

又伴流芳到野家。

凭栏处，

恐遥襟甫畅，

疑是天涯。

一春心事难佳，

废千载烬余与空嗟。

想雪湖见饮，

剡溪访戴，

兰亭曲水，

意在新葩。

扇蔽西风[①]，

东山自牧[②]，

高志长为辨紫芽。

无情最，

我与君未约，

恣放千花。

二〇二〇年四月十四日

---

① 《晋书》卷六十五《王导列传》云："时（庾）亮虽居外镇，而执朝廷之权，既据上流，拥强兵，趣向者多归之。导内不能平，常遇西风尘起，举扇自蔽，徐曰：'元规（庾亮字）尘污人。'"

② 史载谢安年轻时不思仕进，自放东山，屡征不起。

风入松一首
庚子入夏仍在疫中

人生长恨水长东。

太过匆匆。

春功看尽春光去，

看春穷、凌乱心蓬。

潦草柳丝难系，

亭池飞絮濛濛。

惜春谁令古今同。

犹记初红。

疏林一夜芳千种，

对春穹、久累春瞳。

别后此身安放，

晓风夜雨鸣虫。

二〇二〇年四月二十八日

采桑子一首
庚子立夏

此生已恨东流水。

　　看尽春功，

　　看尽春空。

潦草飞蓬伴柳风。

新花满目谁堪共。

　　仿佛春浓，

　　又入芳丛。

一夜蔷薇千树红。

二〇二〇年五月五日

西江月一首
庚子白露后五日北戴河
遇百瓣棣棠

依旧秋声暗渡，

尤怜柿紫桃红。

奇花诉尽奈何风，

偏遇白头情重。

弃却风樯阵马，

无论凋叶新蓬。

天涯海角庆恩逢，

百瓣心香与共。

二〇二〇年九月十二日

西江月一首
庚子中秋后一夜

柿子枝头红了，
　花前有酒盈樽。
余年流水不堪闻，
　唯是月圆如信。

天上仙姝安否，
　可知疫乱无亲。
佳时望断广寒魂，
　一曲《思凡》难尽。

二〇二〇年十月二日

西江月一首
庚子寒露后一日又采柿

放远何曾问树，
卜居从未思涔。
秋来弥望满枝沉，
岂止苍颜喜甚。

一岁张皇难诉 ①，
三秋孕果成金。
莫言造化不恩深，
草木恩深似恁。

二〇二〇年十月九日

---

① 2020 年举国大疫，故言。

鹊桥仙一首
庚子秋晚坐可园亭上

晚秋光影，

苍凉意韵，

纵目红波紫浪。

金风玉露始相逢，

登临处，

人间天上。

当风吴带，

曹衣出水，

妙手难图气象。

广藏何季不煌煌。

且唤酒，

浅斟低唱。

二〇二〇年十月十一日

浣溪沙一首
二〇二一年元旦

共此良辰共此天，

衷情欲诉意难妍。

瘟神不许入新年。

病树前头春万木，

沉舟侧畔起千船。

吉祥称意是人寰。

二〇二一年一月一日

自度曲一首
东风浩漫

东风浩漫，

人间何世，

桃英李蕊解醒。

年年粉坠，

岁岁雪飞，

宁是前生曾盟。

见说到，

姹紫嫣红本无性，

但凭蛱意蝶情。

尽如此，

一望天涯，

繁华堪惊。

白首哪堪登高，

纵目去，

柳烟若征。

画船烟波，

雨丝云片，

良辰如鸣。

梦怀无绪，

杯酒只心，

端底愧、海棠新猩。

一点欢思，

两点愁绪，

无干燕诉桃荣。

磅礴晴光，

大好山河，

日与君乘。

二〇二一年四月三日

词

生查子一首
辛丑重阳

白首对黄花，
思起滕王序。
孤鹜共落霞，
秋水长天举。

此日堪登高，
借问茱萸处。
好向浙江头，
随人弄潮去。

二〇二一年十月十四日

西江月一首
二〇二二年元旦新词一首
向新朋故友恭贺新年

休问赤松旧梦，

何妨彭祖高年。

可怜元日彩云喧，

爱见梅寒柳软。

阅遍皇戎故史，

无非沧海桑田。

今生何事不缠绵?

岁岁春风未晚。

二〇二二年一月一日

西江月一首
辛丑岁尾再过琼州海峡

亿万百千旅次，

江湖岭海余年。

椰风豚浪见情牵，

况有彤梅大炫。

天下何时无事，

蟾宫哪处长圆。

蓬山云涧并新天，

一晌心花开乱。

二〇二二年一月九日

升虚邑诗存又续编

如梦令三首
辛丑岁余居澄迈湾待年

一

一夜凋红几片，

数日飘零可算。

何日落花无，

不耐伤心无限。

无限，

无限，

明日又失一片。

二

久慕云居海处，

白首年年共住。

已惯梦醒时，

燕唤莺啼无数。

无数，

无数。

明岁仍来共处。

词

三

岁岁梅红盈院，

今个尤惊大绚。

借问掌花人，

却道天涯开遍。

开遍，

开遍，

坐看鲜花盈院。

二〇二二年一月十二日

鹊桥仙一首
壬寅元日

南溟意象，

椰村风景，

迢递一年再渡。

佳人佳节喜相逢，

曾忘却，

人烟何处。

鲜花满目，

盈樽酒老，

用思前贤好句。

此心欢处即天堂，

况闻得，

莺词燕诉。

二〇二二年二月一日

诉衷情令一首
壬寅年立春

云边海际野花扉。

闻道又春归。

廊前立望天涯，

风暖草莺飞。

冷雨去，

艳阳回。

展苍眉。

今年何事，

竹杖芒鞋，

踏遍芳菲。

二〇二二年二月四日

如梦令一首
壬寅早春回京寒意犹在
花苞初吐

尝问东君归处，

春步漫随鸥旅。

　风细柳丝寒，

蕾眼乍明几树。

　几树，

　几树，

曾诉一年心语。

二〇二二年三月二十八日

眼儿媚一首
壬寅早秋京城暴雨

飘雨冲风锁初寒，

彻夜洗秋天。

一丛朱槿，

两行月季，

色淡花残。

仍思昨日晴楼上，

挥汗对黄编。

恰来布谷，

两三声远，

啼破苍山。

二〇二二年八月十八日

定风波一首
壬寅重阳

寥落霜心酒一杯，
望随烟雨上峰回。
新菊重开三径未，
　　谁会，
百年惯忆雁鸣嵋。

病榻久耽余事萎，
残躬思向别山归。
阵马樯风都已已，
　　应惜，
今朝衰废老征衣。

二〇二二年十月四日

浣溪沙一首
壬寅腊尽海南纪晴

寒雨连绵过海涯。

村村行去盛梅花。

椰边潮角野人家。

天上人间何处好，

卯来寅尽探新茶。

云山渐见入晴霞。

二〇二三年一月十一日

　　　　　　　　升虚邑诗存又续编

碧玉萧两首
为《乔家大院》第二部开机事再赴山西因以自嘲兼纪其事

一

花甲余生，

谁复弄哀声。

再续前情。

狂士一时兴。

风来冰解柳青。

蛰窗外绿水盈。

飞絮轻。

慢撚宫商动。

听，

又是晋商魂证。

二

回坐春城。

遗恨宁无凭。

梦里峥嵘，

醒处总难鸣。

心随新剧转平。

飞红看又满庭。

一曲成。

意绪还难靖。

行，

依旧似痴如病。

二〇一六年三月十二日

寄生草三首
丙申早春偶兴

一

（乍见）桃苞绽，

（相逢）杏芽红。

（眼觑着）夕霞欲染春穹重。

朝虹远映春山梦。

（却又惹）高唐神女春情动。

（我这厢）回眸却望旧桃源。

（料得是）落英已满逃秦洞。

二

（初识）东风白，

（还睹）柳丝黄。

（这）春山谁扮桃花相。

桃花谁染天夭样。

夭夭灼灼春山放。

几回（回）欲伴赤松归。

（这）嫣红姹紫（又）何能让。

三

（已觉）河豚上，

（还听）燕声嘶。

檐前红白枝枝肆。

晴空鸽哨丝丝悠。

离离草芽滋滋翅。

（我这里）思裁片牍写春词。

（兀那边）新莺又诉花间事。

二〇一六年三月十四日

朱秀海书法作品《皂罗袍一首 游园》

升虚邑诗存又续编

皂罗袍一首
游　园

小立芙蓉池院。

晴波开潋滟、影动蹁跹。

花风连日染新篱，

春杯尤荡天天面。

新荷乍卷，

初菱始纤。

连天红碎，

遮亭紫嫣。

畏咽啾不从雏燕。

二〇一六年三月二十日

步步娇一首
游　园
（续）

已厌春光题红翠。

乱染亭台媚。

（怕他）潦草坠。

引过诗愁酒病悲。

怨横吹，

又说东风祟。

二〇一六年三月二十日

醉扶归一首
游　园
（续）

小过桃花榭，

漫入海棠溪。

不恨丁香乱（了）翠微。

只怕荼蘼（早）觊。

（呀），

（最）可痛芳菲未盈，

又拟春光闭①。

二〇一六年三月二十日

---

① 有春到荼蘼花事了之说，故言。

寄生草一首
戊戌仲秋书窗独坐

漫思平生事，

坐观枫叶彤。

问苍茫谁与霜天共。

听萧瑟流年晚风冷。

觑盈盈篱外黄花梦。

笑韶华如光似电走逝鸿，

怎碍俺一支远笛演春纵。

二〇一八年十月一日

　　　　　　　　升虚邑诗存又续编

天净沙一首
己亥年元日在海南
度佳节有词

天边海角门楣。

红花朱草^①春帷。

桃艳灯莹竹脆。

长天碧水,

一片新词半醉。

二〇一九年二月五日,己亥年元日

---

① 海南多有红叶草,如俗称叶子花者即是。

天净沙一首
六月六日金华婺城区过婺州窑
陈大师新华先生 ①

云山雾野村家。

古窑龙灶生涯。

净几明窗绿芭。

一篇闲话，

万金精盏粗茶 ②。

二〇一九年六月七日

---

① 陈新华，男，汉族，浙江省金华市婺城区人，婺州窑陶瓷烧制技艺非遗传承人。2017 年 12 月 28 日，入选第五批国家级非物质文化遗产代表性项目代表性传承人推荐名单。 2018 年 5 月 14 日，荣获中国工艺美术大师称号。

② 当日造访陈新华大师，用大师所制万金婺州精盏饮茶，茶颇粗，故言。

天净沙一首
庚子季春仍在疫中走京西
停车永定河畔

疏林百树生花。

长河千苇红芽。

一晌鹂啼燕嗟。

儿童竹马，

锦屏犹在春家。

二〇二〇年四月十五日

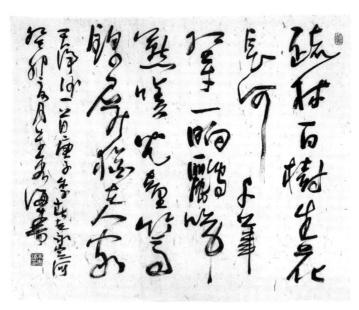

朱秀海作品《天净沙一首　庚子季春仍在疫中走京西停车永定河畔》

　　　　　　　　　　　升虚邑诗存又续编

皂罗袍一首
庚子季春京西野望

杂树飞花春暮。

困鱼城误了、碧水轻凫。

空山新雨乱溪庐，

红深紫重芳菲渡。

鹃啼燕吐，

岚烟柳图。

色从风顾，

香自草舒。

悔今生不通莺句。

二〇二〇年四月十八日

端正好一首
落　花

海棠轻，

榆桃冷，

丁香薄，

星坠雨从。

暮春时节情偏重，

又值东风送。

二〇二〇年四月十九日

叨叨令一首
暮春又至无定河边
见落花殆尽

蔷薇半掩丁香户。

群芳不见前来路。

桑干水暖无津渡。

青萍绿鸭和云鹜。

说不得思量也么哥,

说不得思量也么哥。

百花应在春归处。

二〇二〇年四月二十日

套曲一组
癸卯年春节给新朋旧友拜年期博方家一笑

【绕池游】春光无限，翠重红花灿。万里东风熏染。拂嫩梅颜，吹软柳线。觑新晴心猿似旧年。

【乌夜啼】一晚爆竹声满，不夜天。喜见他耀空火雨下穿寰。思难闲，睡未眠。一遭儿泼醅队里听腾喧。

【步步娇】恰日丽风和薄云淡，海上生波远。鸥翼疾，蜃楼涣。欲问风流，彩绻香缱，摇曳得画图千。对青山不负我多情眼。

【醉扶归】你道赤剥剥开出爆竹花儿艳，紫莹莹羊蹄花儿乱，青灼灼白兰花儿迤逦直上庆云天。说不得奇葩异草惹人怜。又不曾偷得春神百花笺，却步步流连天台阮郎甸。

【皂罗袍】原来嫣红姹紫开遍，谁怜我行过此似水流年。一年景物问春山，春山难解多情怨。风行云散，龙江虎滩。红楼翠苑，粉浪白帆。一搭里都给付春光里见！

【好姐姐】历春时听不得布谷声儿先。遍天涯莺嘶燕
啭。青君初渡，那百花已绽得鲜。闲思叹，山重水复昨日
怨，柳暗花明春又妍。

【尾】百年难过泪常潜。但见了春光也欣然。端底是
天心在民春复还。

绿波春水向东流（晏殊）。烟波三月下扬州（李白）。
请君暂上凌烟阁（李贺）。白云千载空悠悠（崔颢）。

二〇二三年元月二十二日，农历癸卯元旦

记

春山阁记

帝都南望，越数千里而有大江，九派分流，气吞荆吴。越大江而有大湖曰鄱阳湖。烟波浩淼，横无际涯。大湖之源曰赣。上溯数百里有袁山秀水，韩文公昔日曾刺之袁州地也。袁山之麓，秀水之滨，有秀江雅墅，向前先生别业也。入其庐，寻山道而上，半山之间，见画栋雕甍之居，春山阁也。

自古江右一多文采风流之士，二多千古垂范之文。六朝邈远，士与文灿若星河，可无论焉。即如唐宋八大家之流，欧阳文叔之文，王介甫之议，曾南丰之论，称雄一代，模范后世。更有朱晦庵白鹿传道，陆象山鹅湖辩经，兴亡继绝，立派开宗，其学其人，庶几乎孔孟之亚，虽百千万年亦当与日月同辉者也。至于稼轩之词，山谷之书，文山之歌，临川之梦，横绝六合，扫空万古，天下可与其敌者有几？王勃《滕王阁序》有言："物华天宝，人杰地灵，非虚言也。"

向前先生当代学问大家，居戎行而操翰墨，佩符节而司文章。心如涌泉，意如飘风。书有等身之著，文有屈宋之誉。桃李国中，海内知名。江右文脉，代有才出；韩公衣钵，不堕袁山。一旦卸甲归田，有陶靖节桃源之愿，王摩诘辋川之信。乃卜居故园，依山面水，临旧土而啸歌，置新庐而再构。历时五年，虽一砖一瓦一木一石一花一草，皆亲置之，复众山野走，觅前代遗迹，寻先贤存物，一匾一联，一柱础一门鼓，一花格一藻井，一门窗一桌凳，略可称者，皆不吝节衣缩食购至之，饰于门墙之外，列于厅堂之内。凤羽麟趾，何论山远；禹迹汤影，不惮价昂。数年之内，沙聚塔成，已蔚为大观矣。主人终日乐居于此庐之中，徜祥于奇获妙得之间，读庄周书，挥兰亭毫，会友谈文，著书立言，歌之咏之，风声雅意，欣欣然有所得焉。此时余知主人之心，不唯欲退游于山水草木之际，复欲深润于历朝古贤人所嗜所爱之间，其情其志不欲与古人似，而欲于古人同。由此余观主人而叹："今人欤？古人欤？"

年来复于新庐之次，半山之间，择隙地，刈葛藤，以所购前代亭台楼榭之砖瓦梁柱，门窗檐匾，别立一室，初名半山亭。直栏横槛，廊腰曼回；瓦缝参差，檐牙高啄。王阳明之遗墨，辗转临楹；郑板桥之名画，坎坷就壁。王安石退居钟山，筑亭有梦；苏文忠贬谪东坡，书字见怀。丁酉春余来，主人与余居于室中，饮茶论文，栏杆拍遍，诵《关雎》之诗，歌窈窕之章，其乐何如。是日也，春鸟齐鸣，春花似锦，前望秀江，一水如练；后望袁山，云峰在目。惠风和畅，春气袭人。室在春山之中，春山春水亦尽入一瞰之内。一时之间，数椽之下，良辰，美景，赏心，乐事，四美具，二难并。所谓遥襟甫畅，逸兴遄飞，良有以也。范仲淹之记岳阳楼，有江湖之思；王子安之序滕王阁，见庙堂之寄。主人复侑余以酒，相对大乐，改其名曰

记

春山阁，余写长望春山四字以贺之。

噫！向前先生回归故里已有年矣，以四海文章名宿之身，行古人叶落归根之思，为大乡贤报效乡梓之事，余所闻者亦夥矣。然则春山阁既立，四海文人雅士慕名来会者络绎不绝，主人终日孜孜不倦与客谈诗论道，辩经立说，奖拔后学，熏染乡人，是春山阁渐有白鹿洞之气象，鹅湖精舍之言语。承主人美意，余数年间已受邀三过其庐，唯于此阁有大羡焉。江西文教昌明之地，代出大贤，今日之春山阁，焉知不将步朱陆二先贤之鹅湖精舍及白鹿洞书院其后，显名于当时，留声于后世乎？余于此阁及主人并有深望焉。

呜呼，世有王右军，始有兰亭之会；有欧阳文忠公，始有醉翁亭之文。是有名人方有名亭名园名阁名楼并为之歌诗文章。物者可朽，而名人名亭名园名阁名楼不可朽，何为哉？千秋万代，虽有沧海桑田，唯道德文章功业三者不可朽也。春山阁之功业，岂在道德文章之间乎？向前兄勉乎哉！

二〇一八年十二月十日，次年二月三日改定

赋

鸡冠刺桐赋

　　曾仲夏之暌别，又立春之再逢。始朱穗之初发，终紫葩兮新萌。正落黄之星坠，何红萼之虹横。感芳心之难得，歌窈窕以雅声。

　　忆兰草兮披离，藏贞心于山阿。得日月之精气，承雨露之正作。滋甘泉而发蕊，润灵水而耀萼。迎春暖而璀璨，行夏清而婆娑。待含熏之秋风[①]，继落梅之冬雪[②]。娴兮静兮，安兮顺兮，不为时也，守其节也。幽香沁于岩岫，高德明于孤卓。别恶草之丑秽，炯皓魂于崇洁。见君子之纫佩，动迁客之吟哦。三闾植之九畹[③]，又遗《骚》《章》乎永波。睹高山而思止，观芳姿而永嗟。

　　惟梅岭兮初发，复凌雪而先春。忍粉靥兮天开，疑玉肌兮沐新。红苞闭羞，金蓓锁尘。疏影横斜，暗香浮

---

　　① 晋·陶渊明《饮酒·十七》诗云："幽兰生前庭，含熏待清风。清风脱然至，见别萧艾中。"

　　② 宋·苏辙《兰花》诗云："李径桃蹊次第开，秾香百和袭人来。春风欲擅秋风巧，催出幽兰继落梅。"

　　③ 三闾，屈原曾官三闾大夫。屈原《楚辞·离骚》云："余既滋兰之九畹兮，又树蕙之百亩。"王逸注："十二亩曰畹。"一说，田三十亩曰畹。见《说文》。后即以"九畹"为兰花的典实。

沉①。既含章兮兰户，复破腊乎江村。或相逢乎月下，或籍草乎清樽。玉奴谓之不负②，丽姬因之返魂③。卧山中之高士，来月下之美人④。感南枝之清怀，爱冰魂之雪襟。闻纷坠而流涕，慕寒节而伤心。折江南之一枝，寄陇头兮离亲⑤。鲍照目姿容而咨嗟兮⑥，何逊忆芳魄而沉吟⑦。林

---

① 宋·林逋诗《山园小梅·其一》云："众芳摇落独暄妍，占尽风情向小园。疏影横斜水清浅，暗香浮动月黄昏。霜禽欲下先偷眼，粉蝶如知合断魂。幸有微吟可相狎，不须檀板共金尊。"

② 宋·苏轼诗《次韵杨公济奉议梅花》之四云："月地雪堦漫一樽，玉奴终不负东昏。"

③ 丽姬，即杜丽娘，明代话本小说《杜丽娘慕色还魂记》女主角，为汤显祖的《牡丹亭》提供了基本的故事情节，并且经由《牡丹亭》而闻名于世。

④ 明·高启诗《咏梅》云："琼姿只合在瑶台，谁向江南处处栽。雪满山中高士卧，月明林下美人来。寒依疏影萧萧竹，春掩残香漠漠苔。自去何郎无好咏，东风愁寂几回开。"

⑤ 南朝宋诗人陆凯《赠范晔》诗云："折花逢驿使，寄与陇头人。江南无所有，聊赠一枝春。"

⑥ 南朝宋诗人鲍照据说是最早为梅花写诗的人，其诗《梅花落》云："中庭多杂树，偏为梅咨嗟。问君何独然？念其霜中能作花，露中能作实。摇荡春风媚春日，念尔零落逐风飚，徒有霜华无霜质。"

⑦ 南朝梁诗人何逊诗《扬州法曹梅花盛开》云："兔园标物序，惊世最是梅。衔霜当路发，映雪似寒开。枝横却月观，花绕凌凤台。朝洒厂门泣，夕驻临邛杯。应知早飘落，故逐上春来。"

逋植之为妻兮①，张岱种之为邻②。岂惟生得与之为友，死亦甘以之为坟。丽采赋华章于千古，格调奏雅响乎晨昏。

占东篱之娇色兮，遇三径而知芳③。耻繁花之争春兮，宁为肃秋而独黄。当天高之绝艳兮，承重阳之严霜。感凛冽之清气兮，散馥郁之逸芳。并遍插之茱萸兮④，友北去之雁行。喜寒露之大块兮，焕落叶之文章。侣岁寒之三友兮，守雅风之一疆。实玉堂之佳供兮，称登高之丽光。非美人之孤标兮，事高名而风张。起岑参之乡思兮⑤，举太白之离觞⑥。

---

① 宋诗人林逋终生不仕不娶，惟喜植梅养鹤，自谓"以梅为妻，以鹤为子"，人称"梅妻鹤子"。

② 明·张岱有《林和靖墓柱铭》，云："云出无心，谁放林间双鹤。月明有意，即思冢上孤梅。"又有《补孤山种梅叙》，其文云："白石苍崖，拟筑草亭招放鹤；浓山淡水，闲锄明月种梅花。"

③ 陶渊明饮酒（其五）诗云："结庐在人境，而无车马喧。问君何能尔，心远地自偏。采菊东篱下，悠然见南山。"又《归去来兮辞》中有言："三径就荒，松菊犹存。"

④ 唐·王维诗《九月九日忆山东兄弟》云："独在异乡为异客，每逢佳节倍思亲。遥知兄弟登高处，遍插茱萸少一人。"

⑤ 唐·岑参诗《行军九日思长安故园》云："强欲登高去，无人送酒来。遥怜故园菊，应傍战场开。"

⑥ 唐·李白诗《九月十日即事》云："昨日登高罢，今朝更举觞。菊花何太苦，遭此两重阳？"

黄巢为之气激兮①，唐寅感而词伤②。思高洁之清操兮，心御气而飞颰。

出淤泥而不染兮，濯清涟而不姿。中通而外直兮，不蔓乎不枝。香远益清兮，亭亭净植。可远观而不可亵玩兮③，非莲而谁？立亭亭于一水兮，日艳曰晖。秀色可以绝世兮，馨香入乎歌诗。连密叶之青烟兮，结繁华兮红帷。迎山光之西落兮，上池月兮东飞。畅开轩之闲敞兮，送散发之凉霏。邀荶蕊之清风兮，承竹露之白衣。共鸣琴之再弹兮，恨无知音兮心随④。感此怀乎故人兮，看飞霜之径披。匪君之贞素兮，孰为其思。爱莲者不孤兮，余与子归！

乱曰：兰、梅、菊、莲者，草木之君子也，高明也，逸人也，隐士也，前人所赏咏者备也，吾不与焉，亦无遇也。惟海角天涯之鸡冠刺桐者，不见于籍编，非流于歌诗，南荒之奇葩，异域之佳枝，吾所偶遇者也。自立于门墙之

① 唐·黄巢《菊花》诗云："待到秋来九月八，我花开后百花杀。冲天香阵透长安，满城尽带黄金甲。"又《题菊花》诗云："飒飒西风满院栽，蕊寒香冷蝶难来。他年我若为青帝，报与桃花一处开。"

② 明·唐寅诗《菊花》云："故园三径吐幽丛，一夜玄霜坠碧空。多少天涯未归客，尽借篱落看秋风。"

③ 语出宋·周敦颐《爱莲说》："予独爱莲之出淤泥而不染，濯清涟而不妖，中通外直，不蔓不枝，香远益清，亭亭净植，可远观而不可亵玩焉。"

④ 语出唐·孟浩然诗《夏日南亭怀辛大》。诗云："山光忽西落，池月渐东上。散发乘夕凉，开轩卧闲敞。荷风送香气，竹露滴清响。欲取鸣琴弹，恨无知音赏。感此怀故人，中宵劳梦想。"

侧，发于目前，忆于别时，非欲亲而亲之，非欲念而念之，无兰梅菊莲之名，绝松柏竹石之誉，而花开曼妙，叶生迷离，临之含苞，去之绽蕾，红艳一方，香溢四季，品格清简，风流容与，少高名于世，有逸士之匹，闲闲乎日沐于草风，欣欣然自牧于野区。以蕉荔为友，而与荆莽兮偕居。诚广寞之宾客，曾御风乎八极，是无欲托于烂柯[①]者而余复托于晚岁者也，岂惟余之命中之兰梅菊莲者欤。譬之高山，方之流水。余何幸焉！为之赋。

二〇一九年二月十日，己亥年春节

后五日，三月三十日补正

---

① 语出南朝·梁任昉《述异记》卷上："信安郡石室山，晋时王质伐木，至，见童子数人，棋而歌，质因听之。童子以一物与质，如枣核，质含之，不觉饥。俄顷，童子谓曰：'何不去？'质起，视斧柯烂尽，既归，无复时人。"后以"烂柯"谓岁月流逝，人事变迁。

410   升虚邑诗存又续编

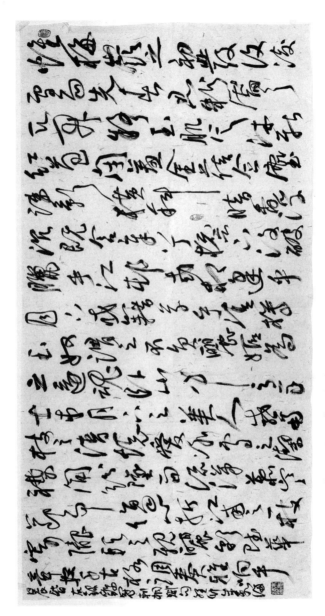

朱秀海书法作品：《鸡冠刺桐赋》（部分）

思旧赋

　　我之初诞，茕独一身。既而长之，入乎侪群。接于君子，学于仁人。方欲与之偕守，容与乎芝田，欢娱兮长春。奈何时光不永，白驹过隙，风霜摧剥，衰病难期。或者世情人事，不可测者岂十之八九，能与言者一二，如秋风之扫黄叶，转眄之际，所知所好可以谓之忘年友及知音者凋零相随。余亦年近古稀，存世之日少，陨落之日近，念及旧时良师益友，多入鬼域，不得如昨日接颜色，近笑语，与言正始之音，抚掌会心而乐者久矣，不亦悲乎。偶读向秀《思旧赋》①，闻远笛，有哀之而复哀之之情也，遂作此赋。辞短情长，不能尽意，始于哀之所以始，止于词之所以穷之处而已。赋曰：

　　向秀之短调，稽康之长哀。车辚辚兮东皋，弦泠泠兮

---

　　① 向秀《思旧赋》原文："余与稽康、吕安居止接近，其人并有不羁之才。然稽志远而疏，吕心旷而放，其后各以事见法。稽博综技艺，于丝竹特妙。临当就命，顾视日影，索琴而弹之。余逝将西迈，经其旧庐。于时日薄虞渊，寒冰凄然。邻人有吹笛者，发音寥亮。追思曩昔游宴之好，感音而叹，故作赋云：将命适于远京兮，遂旋反而北徂。济黄河以泛舟兮，经山阳之旧居。瞻旷野之萧条兮，息余驾乎城隅。践二子之遗迹兮，历穷巷之空庐。叹黍离之愍周兮，悲麦秀于殷墟。惟古昔以怀今兮，心徘徊以踌躇。栋宇存而弗毁兮，形神逝其焉如。昔李斯之受罪兮，叹黄犬而长吟。悼稽生之永辞兮，顾日影而弹琴。托运遇于领会兮，寄余命于寸阴。听鸣笛之慷慨兮，妙声绝而复寻。停驾言其将迈兮，遂援翰而写心。"

刑台。闻西风而色惨，望秋草而心衰。痛莫痛兮《广陵》绝，悲莫悲兮同侪灰。

或仰止乎高山，或景行乎行止。见神采乎既遇，瞻华光于未期。追流风乎远辙，应回响兮近旗。诵珠玉于谈吐，爱绵绣于咳唾。先生一去，大树陵迟。悲天心之不永，痛人寿之不居。

曾诗心之辉焕，书璀璨之华章。矜风姿乎玉树，张衷情乎庙堂。乐赏心于南苑，奏流水于北舫。冀河汉兮同游，期秦晋兮偕访。问瑶池于王母，叩天阍于扶桑。何一朝兮殒没，羌吾百年而独伤。

佩兰芷于九嶷，思卜居乎沧浪。食灵芝于子虚，弈烂柯兮异方。怀美人乎乌有，下睇眄乎八荒。日不去者将别，夜难寐者长亡。方欲永随乎逝水，已先自吊乎大江。一夕暌违，百年不堂。

幼偕游乎弱水，长共居于崆峒。朝餐霞于清露，夜沐星乎远风。笑沧海之东陷，小天柱之南雄。会赤松于紫微，访太上乎霞宫。睹九派之分野，恨云烟之没瞳。虹桥虚设，银汉长通。龙车驰日，凤羽拂空。穷广寞于无际，抚天根兮一冲。虽不能至，心会意同。哀哉夫子，弃我何速，一逝如鸿。

望秋山而琴发，睹春水而容生。悲歧路兮难多，痛浊浆乎不盈。逐韶光之长流，共荣华之永征。唯狂心之难偃，思与造化兮同名。敢闻洪波之东起，思歌巨日之东升。运或不叶，命灭坟莹。

接天家之余胄，得孟氏之芳邻。近大德之温厉，习仁人之真纯。偶芹献乎诗书，竟珍获乎趾麟。心在魏阙，门存荆榛。或九日之有三食，仍见颜色乎长春。君子固穷，小人斯滥，我兄不与，可奈斯人。哀之思之，先生之魂！

乱曰：人之生也，其来何疆；人之殁也，其去何方。命有存殁，叵耐惨伤。为有长者，育我以昌。为有同侪，贻我以浆。为有骨肉，亲我食裳。杨柳依依，凄怆潭江！

二〇二二年七月六日

远游赋

　　曾皇京之霾集兮，思移余年兮远涔。乘飞廉之清飚兮，藉扶摇之鹏襟。别燕云之残瘦兮，越湖广兮郁阴。瞰江河之冲折兮，盱岭岳之峙分。跨琼州之竞渡兮，穷睇昡乎波旻。绝陆地之茫薄兮，入儋耳之烟云。见曜灵之俄影兮，恰流光兮霓门。翁垂天之层羽兮，下重屿之曲滨。逢一湾兮长隅，会逸世之芳林。

　　羡鼹鼠之饮河兮，一饱而欣。又鹪鹩之占巢兮，一枝而矜。仰巢氏之处箕山兮，慕许由洗耳乎颍津。随渔父之去沧浪兮，追靖节而问夫遥心。将此志之未发兮，已嘉气之先闻。何百花之我知兮，竟遣烂漫而勿用相寻。无浔阳之将别兮，有蓬山之初临。见佳果之不期兮，睹未遇之峨岑。

　　于焉喜甚，步草涉粼。发葱郁之椰岬兮，度莽苍之荔畛。抚千年之乔木，仰百代兮长椿。观草木之婆娑兮，瞩云霞之浮沉。爱藤花之似燃兮，玩木棉之方新。见五指之崔嵬兮，睹昌江之蟒伸。兰驻蝶翼，芷老榕菌。菡萏塞径，茑萝接蓁。扶桑疏披，薜荔密侵。岩近波涛，水下浪根。坐日出之礁丛兮，立鹤喉兮滩纹。慕云上之高鸟兮，羡渊下兮潜鳞。行喧呼之渔国兮，席葳蕤之兰茵。极余目之海极兮，尽望忱于汪垠。惊蜃楼之雨现兮，骇海市之晴吞。噫嘻乐域，长劳之远疲得慰兮，百年之惫心获愍。

于是对酒当歌，信手调琴。起清操于幽室兮，动长舞于远津。饰屈子之杜离兮，佩东坡之葛巾。效庄周之明达兮，辞惠施之辩唇。餐朝飞之霞光兮，吸暮降之露芬。参南斗乎北鄙兮，拜西皋乎东峋。思孙登之一啸兮，忘刘伶之多吟。或迎日出乎云岫兮，或待月满兮涣沦。有日烹鲈，有日思莼。候秋风之渐起，望中州之故阊。感广陵散其未绝兮，复思霓裳曲兮堪闻。

时光代化，日月无亲。新草发花，幼树成荫。侣鱼虾而友麋鹿，三径成焉；登云山而观沧海，土语通焉。知季节之飘风，识鸟兽之同群。弃繁文而入朴野兮，避雕饰而复归乎质真。其貌若何？沙鸥伫榛；其洁若何？秋蕙洗尘；其静若何？松生空谷；其艳若何？霞映澄津；其文若何？云印曲沼；其神若何？月射寒浔。远惭高仙，近愧真人。

夫人生之一世兮，曾万劫之一尘。同萤火之明灭兮，共秋水之涣沦。草木可以复生兮，此命焉期乎再春。何不轻举而远游，从王乔而昼寝！虽无六气可餐兮，亦足以保神明之长新。日入精气而除污粗兮，顺凯风以畅吾真神。尽天年于倏忽兮，而终与无穷乎永邻。

二〇二二年九月八日

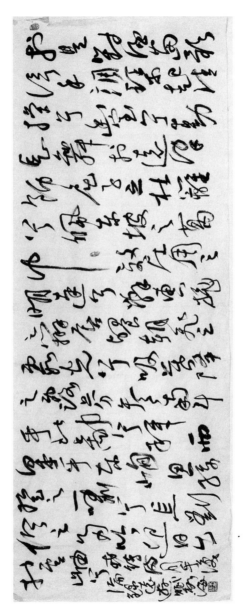

朱秀海书法作品：《远游赋》（部分）

后 记

　　一、本集收录了《升虚邑诗存续编》出版后五年的诗词曲及记赋文新作。诗的部分，古风类守古风韵，律、绝皆守平水韵，用旧律。词的部分守《词林正韵》，曲的部分守《曲韵》。谨就教于方家。

　　二、感谢梁光玉社长、张阳副总编、责编方莉女士和团结出版社的朋友们为策划及出版本书付出的巨大劳动。没有他、她付出的辛勤劳作，这部诗集是无法问世的。

朱秀海

二〇二三年五月二十三日